新 潮 文 庫

サンタクロース少年の冒険

ライマン・フランク・ボーム
畔 柳 和 代 訳

JN159058

目次

目次

第一部　生《お》い立《た》ち

第二部　働きざかり

サンタクロース少年の冒険

挿絵　矢部太郎

第一部　生《お》い立《た》ち

第1章　バージー

名高いバージーの森の話を聞いたことはありますか？　わたしが子どもの頃《ころ》、乳母《うば》がこの森のことをよく歌っていました。大きな木々の幹がびっしり並び、地下では根っこ、地上では枝がからまりあっています。木々を覆《おお》うざらざらの皮。奇妙《きみょう》な、節だらけの不思議な枝。生《お》い茂《しげ》る葉っぱが森じゅうを覆っていますが、陽射《ひざ》しがところどころ地面に到《いた》る道を見つけて木漏《こも》れ日となったり、コケや地衣類や枯《か》れ葉の吹《ふ》きだまりに変てこで奇妙な影《かげ》を投げかけたりしています。

木蔭《こかげ》でこっそり動く者にとってバージーの森は、力強く、偉大《いだい》で、息を呑《の》むような場所です。陽射しの降りそそぐ平原から森の迷路《めいろ》に入ると、森は、はじめは陰鬱《いんうつ》に思えて、それから楽しくなって、その後は尽《つ》きることのない歓喜《かんき》に満ちています。

この森は何百年も見事に栄え、その静けさを破るものは、せっせと動くシマリスの甲高《かんだか》い声、野獣《やじゅう》のうなり声、鳥の歌ぐらいでした。

にもかかわらず、バージーの森には住人がいます。そもそものはじめに大自然がここに妖精《ようせい》、ヌーク、リル、ニンフを住まわせました。この森があるかぎり、何にも邪魔をされずに森の奥《おく》で陽気に過ごしている、心やさしい、不死の者たちにとって、ここはふるさとであり、安全な場所であり、遊び場です。

バージーの森にはまだ文明がおよんでいません。はたしていつかバージー

の森に文明がおよぶ日は来るでしょうか。

第2章 バージーの森の子

われわれのひいおじいさんたちでさえ恐《おそ》らくほとんど耳にしたことがないほど昔、名高いバージーの森にニシルという森のニンフが暮らしていました。ザーリーン女王と親しい間柄《あいだがら》のニンフで、住まいは、枝を大きく広げているオークの蔭《かげ》でした。木々が芽ぐむ、年に一度の「芽吹きの日」には、アークの黄金の聖杯《せいはい》をニシルが女王の口元まで捧《ささ》げ持ち、女王は森の繁栄《はんえい》を願って聖杯に口をつけるのでした。この行事からわかるように、ニシルはかなり偉《えら》いニンフであった上、その美しさと気品ゆえに敬意を集めていたと言われています。

ニシルが創《つく》られた時期について、当人は何も知りませんでした。ザーリーン女王も偉大なるアーク自身にもわかりませんでした。世界がまっさらで、森を守り、若木に必要な物を与《あた》えて世話をするためにニンフが必要だったのは、はるか昔のことです。いつのことやら誰《だれ》も覚えていないある日、ニシルはいきなり形に成りました。その姿は光りかがやき、美しく、彼女《かのじょ》が創られたきっかけであり、これから守っていく苗木《なえぎ》のようにまっすぐでほっそりしていました。

ニシルの髪《かみ》は栗《くり》のイガの内側と同じ色でした。目は日なたでは青く、日蔭では紫《むらさき》に見えました。頰《ほお》は夕暮れどきに雲の端《はし》を彩《いろど》る淡《あわ》いピンクに染まり、真っ赤な唇《くちびる》をかわいらしくとがらせていました。衣《ころも》にはオークの葉の緑を選んでいました。森のニンフはみんなこの色をまとい、この色ほど好ましい色はほかに知りませんでした。ニシルはきゃしゃな足にサンダルを履《は》いていましたが、頭には何もかぶっておらず、絹のような髪だけが載《の》っていました。

ニシルの仕事はわずかで、簡単なものでした。世話をしている木々を痛める雑草が根元に生えるのを防いで、木々に必要な地中の栄養をうばわれないようにします。ガドゴルたちのことは脅《おど》かして追い払《はら》いました。ガドゴルは木の幹をめがけて飛んで、わざとぶつかって木を傷つけることによこしまな喜びを覚えており、この毒気のある接触《せっしょく》のせいで傷ついた木々はしなだれ、枯れてしまうのです。乾《かわ》いた季節にはニシルが小川や小さな池から水を運んで、ニシルを頼《たよ》りにしている木々の根を湿《しめ》らせました。

はじめのうちは、そんな具合だったのです。やがて雑草も知恵《ちえ》をつけて、森のニンフが暮らす森林は避《さ》けるようになりました。いまわしいガドゴルたちはおびえて、もう決して近づきませんでした。木々は年を重ね、丈夫《じょうぶ》になり、生えたばかりの頃よりも乾燥《かんそう》に強くなっていました。それゆえニシルの務めは軽くなり、時がのろのろと過ぎるようになって、このニンフの喜びにあふれた心にとってたいそうつまらない、何も起きない歳月《さいげつ》がつづきました。

森の住人たちに娯楽《ごらく》がなかったわけではありません。満月ごとに女王のサークルでダンスを踊《おど》りました。それに「木の実の祝宴《しゅくえん》」「秋の色づけの祝い」に「葉落とし」のおごそかな式典、「芽吹きの日」のお祭りさわぎもありました。でもこうした楽しい時期はぽつぽつと離れていて、そのあいまには延々と退屈《たいくつ》さが残るのです。

森のニンフが不満を覚えるなんて、ニシルの姉妹たちは考えたこともありませんでした。ニシルにしても何年もうつうつと悩《なや》んでようやく思い至ったのです。しかし、いったん生活がつまらないと思うと、この退屈に耐《た》える気が失《う》せ、何か本当におもしろいことをしたい、森のニンフがこれまで夢見たこともないような暮らしをしたいと願いつづけていました。森の掟《おきて》だけがニシルに冒険《ぼうけん》を探しに行くことを思いとどまらせていたのです。

美しいニシルがこんな気分でうつうつと過ごしていた頃、偉大なるアークがたまたまバージーの森を訪《おとず》れ、森のニンフたちに――いつものように――

足元で横になって自らの賢明《けんめい》な言葉に耳を傾《かたむ》けることを許しました。アークは世界の樵《きこり》の長《おさ》です。アークには何もかもが見えて、人間よりも多くのことを知っています。

その晩、アークは女王の手を取っていました。父親がわが子を愛するごとくアークはニンフたちを愛していたのです。ニシルも大勢の姉妹とともに樵の長の足元に横たわり、長の言葉にひたと耳を傾けていました。

「うるわしい者たち、われわれは森の空き地でごく幸せに暮らしている」アークはそう言い、考えにふけりながら白髪《しらが》まじりのあごひげをなでました。

「だから地上の広々とした土地で暮らす哀《あわ》れな人間がめぐりあうさだめの悲しみやみじめさについて何も知らない。たしかに人間はわれわれの同類ではない。だがこれほど恵《めぐ》まれているわれわれは、他者に親身にならねばならん。悩み苦しんでいる人間の家を通りかかるとき、しばしば誘惑《ゆうわく》に駆《か》られるのだ。この哀れな者を困らせていることをすっかり取り除いてやりたくなる。だが苦しみは、ほどほどならば人間の当然のさだめであり、自然の掟をさまたげることはわれわれの役割ではない」

「とはいえ」金髪《きんぱつ》のうるわしい女王が樵の長に向かってうなずき、こう言いました。「そういう不幸な人々にアークはひんぱんに手を貸していらっしゃるのではありませんか？」

アークはほほえみました。

「人間がごく若いと――人間が『子ども』と呼んでいる者には――ときおり足を止めて、困っている状態から助けたことはある。大人には決して手出しはせん。自然が担《にな》わせた重荷に大人は耐えねばならぬ。だが無力な子ども、人間の無垢《むく》な子どもには幸せになる権利がある。すっかり成長して大人になり、人類の試練を担えるようになるまでは。だから子どもに手を貸すのはもっともだと思う。それほど前の話ではないが――まあ一年くらい前だろうか――四人の貧しい子どもが木造の小さい家で身を寄せあい、じわじわ凍《こご》え死にしつつある場に行きあった。両親は食べ物を求めて隣《となり》の村へ出かけ、留守中に子どもたちが暖を取れるよう暖炉《だんろ》に火を燃やしておいた。ところが嵐《あらし》が起き、両親の行く手に雪を積もらせて旅が長引いた。一方、暖炉の火は消え、親を待つ子どもたちは待つうちに骨身が冷え切った」

「かわいそうに！」女王がささやきました。「それで、どうしました？」

「ネルコを呼んで、わが森から薪《たきぎ》を運んで、息を吹きかけるよう言いつけた。ふたたび火が燃えあがり、子どもたちが横たわっている小さな部屋があたたまるまで息をかけつづけるようにと。すると子どもたちの震《ふる》えが止まり、両親が戻《もど》るまで眠《ねむ》ったのだ」

「まあうれしいご親切」善良な女王は言い、長にほほえみかけました。一言一句に熱心に聞き入っていたニシルもささやき声で言いました。「わたしもうれしいです！」

「そして今宵《こよい》」アークは話を続けました。「バージーの森の端に来たとき、かぼそい泣き声が聞こえた。人間の赤《あか》ん坊《ぼう》の声のようだった。あたりを見て、見つけたよ。森の近くに無力な赤ん坊が丸裸《まるはだか》で草の上に置かれて切々と泣いていた。わりあい近くに、森に隠《かく》れて牝《めす》ライオンのシーグラがうずくまっておった。赤ん坊を晩御飯《ばんごはん》としてむしゃむしゃ食べる気満々で」

「それでどうしたのですか、アーク？」女王が息をのんで尋《たず》ねました。

「たいしたことはしておらん。ニンフたちに会いに行こうと急いでいたのでな。でもシーグラに、赤ん坊に添《そ》い寝《ね》して乳を与えて空腹をしずめてやるよう命じておいた。それから、森じゅうにこう伝えるよう言った。いかなる獣《けもの》も爬虫類《はちゅうるい》もこの子に害を与えてはならぬ、と」

「まあうれしいご親切」善良な女王はほっとした声でふたたび言いました。

でもニシルは女王の言葉をなぞりませんでした。ニシルは不思議なことを思い立ち、その後すぐにそっと抜けだしていたのです。

ニシルのしなやかな姿は森をさっと駆け抜《ぬ》け、広大なバージーの森の端に到《いた》ると立ち止まって、彼女はあたりをながめました。これほどの遠出は、はじめてでした。森の掟はニンフを森の奥深くにとどめているのです。

ニシルは掟を破っていることは自覚しながら、かといってきゃしゃな足を止めはしませんでした。それまで人間の子どもを見たことがなく、アークが話していた赤ん坊を自分の目で見ると決めていました。不死の者は大人ばかりで、子どもは一人もいないのです。木々のあいだから目を凝《こ》らすと、草の上に横たわっている赤子が見えました。でもいまはシーグラに与えられた乳に満足して、かわいらしく眠っています。赤ん坊はまだおさなくて、危難とは何かわかっていませんでした。ひもじくなければそれで安心なのです。

ニンフは赤ん坊に忍《しの》び寄って草地にひざまずきました。まとっているバラの葉の色の長い外衣が薄《うす》い雲のようにまわりに広がりました。美しい顔に好《こう》奇《き》心《しん》と驚《おどろ》きの表情が浮《う》かぶと同時に、何より女性らしい憐《あわ》れみの情が浮かんでいました。赤ん坊は生まれたばかりで、まるまると太っていて肌《はだ》は桃色《ももいろ》で

した。そして一人では何もできません。ニンフが見ていると、乳児が目を開けてニンフにほほえみかけ、ぷくぷくした二本の腕《うで》を伸《の》ばしてきました。次の瞬間《しゅんかん》、ニシルは赤ん坊を胸に抱《だ》いて森の小道を急いでいました。

第3章　わが子とする

樵の長は眉《まゆ》をしかめ、急に立ちあがり、「森に似合わぬ者がいる」と宣言しました。それを聞いて女王とおつきのニンフたちが振《ふ》り向くと、眠っている赤ん坊をひしと抱《かか》えたニシルが深い青の目に反抗《はんこう》的なまなざしを浮かべて立っていました。

誰もがそのままじっとして動きませんでした。ニンフたちはびっくり仰天《ぎょうてん》していましたが、樵の長は、掟を故意に破った、美しい不死の者をつくづくながめるうちに、顔つきが次第《しだい》におだやかになりました。やがてみんなが驚《きょう》嘆《たん》したことに、偉大なるアークはニシルの長い髪に手をそっと置き、きれいな額にキスをしました。

「わたしの知るかぎり、はじめてだ」アークはおだやかに言いました。「ニンフがわたしと森の掟に公然と抗《あらが》ったのは。しかし、たしなめる言葉はひとつも思い浮かばない。何が望みだ、ニシル？」

「この子を育てさせてください！」ニシルは答え、おののきながら哀願《あいがん》し、ひざまずきました。

「ここバージーの森で？　人類が入ったことのないここで？」アークが問いました。

「ええ、ここ、バージーの森で」ニンフは臆《おく》することなく言いました。「ここはわたくしのふるさとですし、わたくしはすることがなくて退屈しています。この赤ん坊の世話をさせてください！　こんなにか弱くて、一人では何もできません。この子がバージーの森や、世界の樵の長に悪さをするわけがありません！」

「しかし、掟があるのだ、掟が！」アークがいかめしく叫《さけ》びました。

「掟は、樵の長がさだめるものです」ニシルは答えました。「樵の長ご自身が命を救った赤子の世話をなさいとわたくしにお言いつけになれば、いったい誰が、わたくしにあえて反対するでしょう？」ザーリーン女王はそれまでこの問答に聞き入っていましたが、ニンフの答えを聞いて大喜びでうるわしい手をたたきました。

「もう逃《に》げられませんね、アーク！」女王は声を上げ、笑いました。「さあ、どうかニシルの願いについて考えてやってください」

樵は考えこむときの習いで白髪まじりのあごひげをしばらくゆっくりなでて、やがて口を開き、言いました。

「この赤ん坊を育ててよい。わたしがこの子を保護しよう。だがみなに警告しておく。掟に例外をもうけるのはこれが最初で最後だ。今後、世界の終わりまで、人間が不死の者に引きとられ育てられることは一切《いっさい》ない。さもないとわれわれは幸福な暮らしを棄《す》てて、苦労と悩みだらけの生活を送ることになる。では、おやすみ、ニンフたち！」

そしてアークはニンフたちを残して去り、ニシルは見つけたばかりの宝物を祝すべく、急いで自分の木蔭に帰りました。

第4章　クロース

後日、ニシルの木蔭が森で一番人気のある場所になっていました。ニンフたちはニシルとその膝《ひざ》の上で眠る子どもに群がり、好奇と喜びの表情を浮かべていました。赤ん坊を育てることを許した偉大なるアークの情け深さに対する賛辞もニンフたちは惜《お》しみなく口にしました。赤ん坊の無邪気《むじゃき》な、あどけない顔を女王も覗《のぞ》きに来て、その頼りない、ふっくらしたこぶしをうるわしい手で握《にぎ》りました。

「この子をなんと呼びましょうね、ニシル？」女王はにこやかに尋ねました。

「名前がないといけないでしょう」

「クロースと呼びましょう」ニシルは答えました。「小さい子という意味ですから」

「それよりもニクロース*と呼ぶといい」女王が応じました。「そうしたら、ニシルの小さい子という意味になるから」

ニンフたちは喜んで手をたたき、赤ん坊の名前はニクロースになりました。それでもニシルのお気に入りの呼び方はクロースで、のちにニンフの多くがニシルの呼び方にならいました。

ニシルはクロースを寝かせるために森じゅうから一番やわらかい苔《こけ》を集め

て、部屋にクロースのベッドを作りました。赤ん坊は食べ物には不自由しませんでした。森でニンフたちが探し求めたベル・アダーはゴアの木になり、割ると甘《あま》いミルクが入っています。また、この小さなよそ者に栄養を与えるべく、やさしい目をした女鹿《めじか》たちが乳の一部を進んで分けあたえました。牝ライオンのシーグラはニシルの部屋にしばしば忍びこんで赤ん坊に添い寝をして乳を与えながら、のどをゴロゴロ鳴らしていました。

そういうわけで赤ん坊はすくすくと元気に育ち、日に日にたくましくなり、ニシルは話し方、歩き方、遊び方を教えました。

この子は考え方も口の利《き》き方もやさしく、おだやかでした。ニンフたちが邪悪さと無縁《むえん》で、心が清らかで愛情豊かだったからです。クロースは森じゅうの人気者になりました。アークの命令が獣にも爬虫類にもクロースに危害を与えることを禁じていたため、クロースはどこでも行きたい所へ恐れずに足を運ぶことができました。

人間の赤ん坊をバージーの森のニンフたちがわが子として育てることにして、偉大なるアークがそれを認めたことはまもなくほかの不死の者たちにも知れわたりました。そのため大勢が小さなよそ者を訪れ、興味津々《しんしん》にながめました。まずはリルです。リルは森のニンフたちと姿形はぜんぜん違いますが、ニンフのいとこです。ニンフが森の木々の守護をするように、リルは花や植物の守護をするようさだめられています。花を咲《さ》かせる植物の根が必要とする栄養分を求めて、リルは広い世界を探しまわります。満開の花々のとりどりの鮮《あざ》やかな色は、リルたちが土に入れた染料《せんりょう》から来ています。植物が成熟するにつれて染料が根の細い管から引き上げられ、本体に到ります。リルは大忙《おおいそが》しです。世話する花々がたえまなく咲き、しぼむから。でもリルたちは陽気で屈託《くったく》がなく、ほかの不死の者たちに大人気です。

次はヌークで、彼《かれ》らの仕事は世界の獣の守護です。おとなしい生きものの面倒《めんどう》も、荒《あら》っぽい生きものの面倒も見ています。獣の多くは言うことを聞かず、決まり事に反抗《はんこう》するので、ヌークは苦労を重ねています。しかし結局ヌークは獣を取り締《し》まる術《すべ》を知っており、ヌークの掟のいくつかはもっとも獰《どう》猛《もう》な動物たちでさえ守っています。日々の気苦労ゆえヌークたちは老《ふ》けてくたびれて見えて、体は曲がってゆがんでいます。また、野生の生きものと絶えず接しているために気性《きしょう》がいささか荒くなっています。しかしヌークは人類および世界全体にとって大いに役に立っています。森の獣たちが気にしている掟は、樵の長の掟を除くとヌークの掟だけだからです。

そして人間を守護する妖精たちは、クロースが養子となったことに興味津々でした。というのは、妖精が世話をしている人間と親しくなることは妖精の掟で禁じられているためです。妖精が人前に現われた例はいくつか記録に残っています。人と会話をした例もあります。しかし本来は人間に姿を見られず、存在を知られぬまま、人の暮らしを守護する決まりになっています。もしも妖精がえこひいきしている人々がいたら、それは好まれている人々が正当に得た特別待遇《たいぐう》です。妖精たちはきわめて公平で、偏《かたよ》りがありません。しかし人間の子どもを養子にするなんて、まったくもって妖精の掟に背《そむ》くため、妖精たちには思いも寄らないことでした。だからニシルと姉妹たちが育てることにした小さなよそ者を見たくて、みな興味津々だったのです。

クロースはにっこりほほえみ、自分に群がる不死の者たちを怖《こわ》いもの知らずの目で見ていました。陽気なリルたちの肩《かた》にふざけて乗ったり、背が低いヌークたちの白髪まじりのひげをお茶目に引っぱったり、妖精の女王の可憐《かれん》な胸にくるくる巻き毛の頭を遠慮《えんりょ》なく寄せたりしました。リルはクロースの笑い声が大好きで、ヌークはクロースの勇気が大好きで、妖精はクロースの無邪気さが大好きでした。

少年はみなと仲良くなり、森のさまざまな掟に詳《くわ》しくなりました。森の花は一度も少年に踏《ふ》みつけられませんでした。リルを悲しませてはいけないからです。少年は森の獣に決してちょっかいを出しませんでした。友であるヌークたちを怒《おこ》らせてはいけないからです。少年は妖精たちのことが大好きでしたが、人間のことをまったく知らないため、妖精と仲良くできる人間が自分だけだとは知りませんでした。

実際、クロースはこう思うに至っていました。森のみんなのなかでぼくだけ同類も同輩《どうはい》もいない、と。クロースにとって森が世界のすべてだったのです。あくせく働いて奮闘《ふんとう》している人間が何百万人もいるなんて、まったく考えていませんでした。

かくしてクロースは幸せで、満ち足りていました。

第5章　樵の長

バージーの森では歳月はずんずん過ぎてゆきます。ニンフは時間について一切考えなくていいからです。何世紀もの時間も、きゃしゃなニンフたちに何ら変化をもたらしません。ニンフはいついつまでも同じなのです。不死で、まったく変わりません。

でもクロースは人間なので、日に日に大人になりつつありました。まもなくニシルは、クロースが大きくなりすぎてもう自分の膝の上では横になれないとわかって不安になりました。そして、クロースはミルク以外の食べ物を望んでいました。クロースはたくましい足でバージーの森の奥深くに出かけ、木の実、ベリー、甘くて健康にいい木の根を集めました。そちらのほうがベル・アダーよりもおなかに合っていました。ニシルの寝室《しんしつ》へ行く頻度《ひんど》は減り、ついに眠るときしか帰らないようになりました。

クロースをいとおしむようになっていたニンフのニシルは、育てている子が変わったことにとまどいつつもクロースの気まぐれに合わせて自分の暮らし方を知らず知らず変えていました。森の小道を歩むクロースにニシルはついていき、ニシルの姉妹の多くも同じようについていきました。そして歩きながら巨大《きょだい》な森のありとあらゆる神秘について教え、木蔭に住まう生きものの習慣と性格について説明しました。

幼いクロースは獣の言葉がわかるようになりましたが、獣の不機嫌《ふきげん》で気難しそうな気性はいつまでも理解できませんでした。陽気で明るい気質を備えているのはどうやら、りす、ねずみ、うさぎだけのようでした。それでも少年はパンサーがうなれば笑い声を立て、熊《くま》がうなって脅《おど》すように歯をむくと熊のつややかな毛をなでました。自分に向かってうなっているわけではないことをクロースはよくよくわかっていました。うなったからって、それがどうした？

クロースは蜂《はち》の歌を歌うことができて、森の花々の詩を暗唱できて、バージーじゅうの目をぱちぱちさせるフクロウそれぞれの来し方を語ることができました。そしてリルが植物に栄養を与えるのを手伝い、ヌークが動物同士を和《なご》やかに過ごさせる手伝いをしました。小さな不死の者たちはクロースを特別な人物とみなしていました。ザーリーン女王とおつきのニンフたちから特別に守られ、偉大なるアーク自身にも目をかけられていたからです。

ある日、バージーの森に樵の長が戻ってきました。それまで世界じゅうの自分の森をすべて順繰《じゅんぐ》りに訪ねていたのです。森は数多く、どれも広大でした。

女王とニンフたちが樵の長を出迎《でむか》えるために待っていた空き地まで来てはじめて、ニシルに育てることを許した子どものことをアークは思い出しました。美しい不死の者たちのなかに、肩幅《かたはば》の広いたくましい若者が打ちとけた様子で混じっています。立てば長の肩に充分《じゅうぶん》届く背丈《せたけ》です。

アークは立ち止まり、何も言わず眉をしかめ、いつもの鋭《するど》いまなざしをクロースに向けました。若者の澄《す》んだ目がしっかり見つめ返し、その目の奥がたいへんおだやかなことにアークは心を留め、若者の勇ましくて邪気のない心を読みとって安堵《あんど》のため息をつきました。しかしながら、うるわしい女王の隣《となり》にすわり、黄金の聖杯に注がれた、珍《めずら》しい花の蜜《みつ》を回し飲みするあいだ、樵の長は妙に黙《だま》っていて他人行儀《ぎょうぎ》で、物思いにふけっているようにひげを幾《いく》度《ど》となくなでていました。

朝になって樵の長はクロースを呼び出し、やさしく言いました。

「ニシルと姉妹たちにしばしいとまごいしなさい。これから一緒《いっしょ》に世界をめぐるのだ」

この冒険《ぼうけん》の計画にクロースは大喜びしました。世界の樵の長のお供《とも》となるほまれをよく承知していたのです。しかしニシルは生まれてはじめて涙《なみだ》を流し、手放すことはどうしても耐えがたいかのように若者の首にしがみつきました。このたくましい若者を母親として育てたニンフは、あの赤ん坊を胸に抱きよせて大胆《だいたん》にもアークに立ち向かったときと変わらず、きゃしゃでチャーミングでたおやかな姿で、その大きな愛は少しも減っていませんでした。

抱きあう二人をアークは見ていました。その姿はまるできょうだいが抱きあっているようで、アークはまた思案顔を浮かべました。

第6章　クロース、人間を見出《みいだ》す

長はクロースを小さな空き地に連れていき、言いました。「わたしのベルトをしっかりつかめ。これから空を飛んでいく。世界を一周して、おまえの祖先である人間の生息地をいろいろ見てまわる」

この言葉を聞いてクロースは驚きました。自分の同類は地球上のどこにもいないと思いこんでいたからです。でも黙ったまま偉大なるアークのベルトを握りしめました。驚きのあまり口を利くことができなかったのです。

するとバージーの広大な森が二人の足元からさっと離れたようで、いつのまにか空中のはるかな高みをぐんぐん進んでいることに若者は気がつきました。

まもなく下にいくつも尖塔《せんとう》が見え、見下ろすとさまざまな形や色の建物が見えました。人間が集まっている都市《まち》です。アークはそこに降りるべく止まり、クロースをなかへ連れていき、言いました。

「ベルトをしっかりつかんでいるかぎり、おまえは人間から見られずにはっきりとものを見ることができる。もしも手を放したら、わたしからも、ふるさとバージーの森からも永久に離れてしまうぞ」

バージーの森における最も大事な掟のひとつは服従《ふくじゅう》で、長の望みに逆らう気などクロースには毛頭ありませんでした。だからベルトを握りしめ、人間からは姿が見えない状態で過ごしました。

その後、都市で過ごす一瞬ごとに青年の驚異の念は増しました。自分はほかのみんなと違《ちが》うふうに造られていると信じていたのに、同類が地球上にわ

んさといることを知ったのです。

「まったく」アークは言いました。「不死の者は少ないが、人間は大勢いる」

クロースは熱心に同類を見ました。悲しい顔もあれば、陽気で向こう見ずな顔、感じのよい顔、不安そうな顔、やさしい顔もあって、わけのわからないごちゃまぜです。退屈な仕事についている者もいれば、偉《えら》そうに気取って歩いている者もいます。いろいろ考えている様子で深刻そうな者もいれば、幸せそうで満足げな者もいます。この都市にもほかのいたるところと同じく、さまざまな性質《たち》の人間がいました。クロースは喜ばしい事柄も悲しくなるような事柄もいろいろ目にしました。

でも特に注目したのは子どもで――はじめは物珍しさゆえ、それから熱心に、やがて愛情をこめてクロースは子どもたちをながめました。みすぼらしい身なりの子たちがほこりまみれで通りに転がり、屑《くず》や小石で遊んでいました。一方で晴れやかに装《よそお》った子どもたちはクッションに支えられ、砂糖菓子《がし》を与えられていました。でも、ほこりまみれで砂利《じゃり》と遊んでいる子どもより も金持ちの子どもが幸せというわけではないように思われました。

「人間は子ども時代には大いに満たされている」若者の思いを汲《く》んで、アークが言いました。「無邪気に楽しむこの歳月こそ、小さい者たちの憂《うれ》いが最も少ない」

「教えてください」クロースは言いました。「どうしてこの赤ちゃんたちは、同じような暮らし方にならないんですか？」

「それは小さい家で生まれる子も、宮殿《きゅうでん》で生まれる子もいるからだ」長は答えました。「子どもの運命は、親の貧富《ひんぷ》次第なのだ。手塩にかけて育てられ、絹や上品な肌着を着せてもらえる子もいれば、ほったらかしにされ、ぼろをまとっている子もいる」

「それでもみんな、同じようにきれいでかわいらしく見えます」クロースが考えこんでいる様子で言いました。

「赤ん坊のあいだは――そうだな」アークが同意しました。「生きていることが喜びで、立ち止まって考えたりしないから。その後、人間を襲《おそ》う悲運に見舞《みま》われて、自分は悪戦苦闘し、思いわずらい、働き、悩みつづけるさだめだと知る。人間にとってとても大事な富を得るためにはやむを得ないと思い知るのだ。おまえが育ったバージーの森にはなじみのないことだ」クロースはしばし黙っていて、やがて尋ねました。

「どうしてぼくは、同類ではないみんなのなかで、森で育てられたのですか」

するとアークはいつものおだやかな声でクロースが赤ん坊の頃の話を語りました。森の端に棄てられ、野獣の餌食《えじき》になりかけていたこと。情け深いニンフのニシルがクロースを救い、不死の者たちの保護のもと、成人するまで育てたこと。

「けれどぼくは森のみんなの一員ではない」クロースは独り言のように言い

ました。

「一員ではない」樵が応じました。「母親のようにおまえの面倒を見たニンフは、いまやおまえの姉に見える。やがて時が経《た》ち、おまえが歳《とし》を取って白髪になれば、ニシルはおまえの娘《むすめ》のように見えるだろう。さらにまた短いひとときが経てば、おまえはもはや記憶《きおく》にすぎなくなり、ニシルはニシルのままであろう」

「では、人間はいつか消えるさだめなら、なぜ生まれるのです?」若者は問い詰《つ》めました。

「なにもかも消えるんだ。世界そのものと守護たち以外は」アークは答えました。「でも命あるかぎり、地上のものすべてに使命がある。賢者《けんじゃ》は世界の役に立つ道を求める。役に立つ者はふたたび命を得るはずだから」

長の言うほとんどのことはクロースにはよくわかりませんでしたが、ぜひとも自分の同類の役に立ちたいという思いに駆られ、旅するあいだずっと真顔で考えこんでいました。

世界各地で二人は人間の住む場所をあまた訪れました。畑で農民が作業する様子、無慈悲《むじひ》な戦いに兵士たちが突《つ》っこんでゆくさま、商人が銀色や黄色の金属のかけらを商品と交換《こうかん》する様子を見ました。どこにいてもクロースの目は愛情と憐れみをもって子どもたちを見つけだしました。自分が無力だった赤ん坊時代に対する思いが強く、親切なニンフに自分が救ってもらったように、同類の小さな無邪気な子どもたちの力になりたいと切に願っていたからです。

日々、樵の長と教え子は地球をめぐってゆきました。ベルトにしっかりつかまっている青年にアークはめったに話しかけませんでした。しかし人間の暮らしをよく知るきっかけとなる場所ならばそのすべてに連れていきました。

ついに二人は威厳《いげん》ある古きバージーの森に戻り、長はニンフたちのあいだにクロースを降ろしました。そのなかに首を長くしてクロースを待っていた、きれいなニシルもいました。

偉大なるアークの顔はいまでは落ち着いていて安らかでしたが、クロースは物思いに沈《しず》んでいたせいで眉間《みけん》にしわができていました。ニシルは養い子の変化を見てため息をつきました。それまでクロースはいつも喜びにあふれ、にこやかでした。ニシルはふと思いました。長との波乱に富んだ旅以前の状態に若者の人生が戻ることは二度とない、と。

第7章　クロース、森を去る

善良なるザーリーン女王が黄金の聖杯に美しい唇をつけ、二人の旅人の帰りを祝って聖杯が輪をひとめぐりすると、黙っていた世界の樵の長がクロースをまっすぐに見て、言いました。

「それで？」

長の言わんとしていることを察して、若者はニシルの隣でゆっくりと立ちあがりました。輪になっている親しいニンフたちを一度だけぐるりと見渡《みわた》しました。ニンフ一人ひとりのことを、若者はいつくしみ深い仲間と思っていました。でも涙がわいてきて視界がにじむので、その後は樵の長をひたと見ていました。

「ぼくは何も知らなかった」クロースは単純明快に言いました。「偉大なアークが、ぼくが誰で、何者なのかを親切に教えてくれるまで。みんなは森の木蔭でにこやかに暮らし、いつまでも美しく、若々しく、無垢で、人間にふさわしい仲間ではない。ぼくは人間を見てきて、人間は地上に束《つか》の間《ま》生きるさだめだと知った。人間は必要な物を手に入れるためにこつこつ働き、だんだん老いて、やがて秋の木の葉のように消える。それでもすべての人間に使命があり、はじめて世界を知ったときよりも世界をよくすることになっている。ぼくは人類の一人で、人間のさだめはぼくのさだめだ。あわれな、見捨てられた赤ん坊をみんなが大切にして育ててくれたこと、子どもの頃のいつくしみ深い友愛、親しいつきあいは、いつまでも、どんなに感謝をしてもしきれない。育ててくれたお母さんのことを」クロースはかがんで、ニシルのきれいな額にくちづけをしました。「命あるかぎり愛して、大事にします。でもぼくはみんなから離れて、人間のさだめである、果てしないあがきに力を尽くさないといけない。ぼくなりに、ぼくの人生を生きるために」

「いったい何をするの？」女王がおごそかに尋ねました。

「ぼくの務めは、人間の子どもの世話に打ちこんで、幸せにするよう努めること」クロースは答えました。「みんなが一人の赤ん坊を大切にしてくれたことがぼくに幸福と力をくれたように、ほかの赤ん坊たちが喜ぶことにぼくが人生をささげるのは当然だから。そうすれば、いつくしみ深いニンフのニシルに関する記憶が、何千人もの同類の心に植えつけられて先々ずっと残り、この世界が続くかぎり、ニシルの親切な行いは歌と物語のなかで語られていく。わかってもらえたでしょうか、長？」

「ああ、よくわかった」アークはそう答えると立ち上がり、続けました。

「だがこれは忘れるな。おまえはバージーの森の子、そしてニンフたちの遊び友だちとして育ち、同類とは永久に一線を画す名誉《めいよ》ある地位にいる。だから今後、人間の世界に出てからもずっと森に守られ、いま享受《きょうじゅ》している力はこれまでどおり変わらず、おまえの奮闘に手を貸すだろう。困ったらいつでもニンフ、リル、ヌーク、妖精たちに助けを頼《たの》んでいい。みんな喜んで力になってくれる。世界の樵の長であるわたしがこう言ったのであり、わたしの言葉は絶対だ！」

クロースは感謝のまなざしでアークを見ました。

「それならばぼくは人間のなかで強くなれます」クロースは答えました。

「親切な仲間に守られていれば、何千人もの子どもを喜ばせることができるかもしれません。務めを果たせるよう、一生懸命《けんめい》がんばります。森のみんながぼくの思いを汲んで、応援《おうえん》してくれることもわかっているから」

「ええ！」妖精の女王がまじめに言いました。

「ああ！」陽気なリルたちが笑いながら言いました。

「やるさ！」体の曲がっているヌークたちが顔をしかめながら言いました。

「やるわ！」やさしいニンフたちは誇《ほこ》らしげに叫びました。でもニシルは何も言わず、クロースを静かに抱いて、やさしくキスをしただけでした。

「世界は広い」若者はふたたび誠実な仲間のほうを向いて、続けました。

「でも人間はあちこちにいる。ぼくはみんなのそばで仕事をはじめる。それならば不運に遭《あ》っても森に相談に来たり、助けてって言ったりできるから」

そう言うと、いつくしむまなざしでみんなを見て、背を向けました。別れを告げる必要はありませんでしたが、クロースにとってバージーの森のにこやかな、野生の暮らしは終わりを迎えました。クロースは果敢《かかん》に自分のさだめ――人間のさだめ――に向かっていきました。悩み、働くというさだめです。

しかし、若者の心を知るアークが、若者の行く手を慈悲深く導いてゆきました。

クロースはバージーを抜《ぬ》けて森の東の端に到り、ホーハーホーの笑う谷に着きました。両側に緑の丘《おか》がうねり、真ん中をくねくねと流れる小川が谷の向こうで曲がっていきます。背後はいかめしい森で、谷の向こうに広い平原があります。それまで若者は深刻な物思いに沈み、まなざしにもその思いが表われていましたが、黙って立って、笑う谷を見渡すうちにだんだん目が明るんできました。静かな夜の星々のように、にわかに目がきらめき、陽気になり、見開かれました。

なぜなら足元でリュウキンカやヒナギクが親しげなまなざしで笑いかけて

いて、そよ風は通りすがりにほがらかに口笛を吹いてクロースの額《ひたい》の髪をはたはたさせ、小石を飛び越《こ》えて川辺の緑色のカーブを曲がるときに小川がうれしそうに笑い声を立て、蜂はタンポポからラッパズイセンへ飛びながら甘い歌を歌い、かぶと虫は背の高い草から幸せそうに鳴き、この情景全体に陽射しがちらちらと光っているのです。

「ここだ」クロースは叫び、谷を抱きしめるかのように腕を広げました。「ここに住もう！」

　これは遠い昔の出来事です。それ以来クロースはずっとこの地で暮らしています。そしていまなおここに住んでいるのです。

＊原注　この名前は Nicklaus とも Nicolas ともつづられてきた。そのため、サンタクロースがいまも St. Nicholas として知られている国がいくつかある。だが正しい名前は当然 Neclaus であり、クロースは、Neclaus の育ての母である美しいニンフのニシルがつけた愛称《あいしょう》だ。

第二部　働きざかり

第1章　笑う谷

　クロースが着いたとき、谷にあったのは、草、小川、野の花、蜂《はち》、蝶《ちょう》だけでした。ここを住処《すみか》として人間にならって暮らすとなれば、家が必要です。はじめクロースはこのことについて悩《なや》んでいましたが、陽射《ひざ》しを浴びてほほえみながら立っているうち、ふと気がつくと隣《となり》に老ネルコがいました。樵《きこり》の長《おさ》の召使《めしつかい》です。ネルコは斧《おの》を手にしていました。その斧は丈夫《じょうぶ》で幅《はば》が広く、刃《は》はよく磨《みが》いた銀のようにかがやいていました。ネルコは若者に斧をわたし、何も言わずに姿を消しました。

クロースはその意味を理解し、森の端《はし》のほうを向き、倒《たお》れている木々の幹を何本か選び、枯《か》れ枝を除《のぞ》きにかかりました。立ち木には決して切りこまないつもりでした。森を守護《しゅご》するニンフたちと暮らすなかで、立ち木は感情を具《そな》えるように造られていて、神聖だと教わっていたからです。しかし、朽木《くちき》および倒木《とうぼく》の場合は違《ちが》います。森の共同体の働き手として各々《おのおの》の使命をすでに果たし、その亡骸《なきがら》が、今度は人間に必要なものを与《あた》えるのは当を得たことです。

斧は打ちおろすごとに丸太に深く食いこんでゆきました。斧自体に力が備わっているかのようで、クロースはただ斧を振《ふ》り、刃先に行き先を示すだけで充分《じゅうぶん》でした。

谷で一晩横になろうと、陰影《いんえい》が緑の丘《おか》にそっとかかってきた頃《ころ》、若者はすでに何本もの丸太を、かつて目にした、貧しい階級の人間が暮らす家を建てられる長さや形に切りそろえていました。そして丸太を組んでみるまで一日待とうと考えて、クロースはたやすく見つけられる甘《あま》い根を食べ、笑いさざめく小川の水をごくごく飲み、眠《ねむ》ろうと草に寝《ね》そべりました。でも、その前に花が生えていない場所を探しました。体の重みで花々をつぶさないためです。

クロースが眠り、魅惑《みわく》的な谷のよい香《かお》りを吸いこんでいるあいだに、幸福の精がクロースの心に忍《しの》びこみ、恐怖《きょうふ》と心配事と不安をことごとく追い出しました。もう二度とクロースの顔が不安でくもることはないのです。人生の試練が重荷のごとく重くのしかかることはありません。笑う谷がクロースをわがものとしたのです。

誰《だれ》もがあの愉快《ゆかい》な場所で暮らせたらよいのですが！――でもそうしたら、混《こ》みすぎてしまうかもしれません。谷は誰かが住みに来るのをずっと待っていました。この幸せな谷間に住むよう、若きクロースはたまたま導かれたのでしょうか？　それともバージーの森からさまよい出て、広い世界に住処《すみか》を探したとき、思いやり深い友だちである、不死の者たちがクロースの足取りを導いたと考えてもよいのでしょうか？

たしかなことは、丘の上から月がじっと見降ろし、眠っている新参者の体をやわらかな月明かりで照らしていた頃、笑う谷に友好的なヌークの奇妙《きみょう》な、曲がった姿がたくさん見られたことです。ヌークは黙《だま》ったまま巧《たく》みに手早く仕事をしました。クロースがかがやく斧で切りそろえた何本もの丸太が小川に近い場所に運ばれ、一本一本重ねて組まれ、一夜にして頑丈《がんじょう》で広々とした住居が建ちました。

夜明けとともに鳥たちが谷にさっと入ってきました。鳥の歌は森の奥《おく》ではめったに聞かれないので、新参者を目覚めさせました。クロースがまぶたから眠気をこすり落とし、あたりを見回すと家がありました。

「ヌークにお礼を言わなきゃ」クロースは感謝して言いました。そして住ま

い へ歩み、玄関口《げんかんぐち》から入りました。目の前は広い部屋で、端に暖炉《だんろ》があり、中央にテーブルとベンチがあります。暖炉の横に戸棚《とだな》があります。部屋の向こう側にもうひとつ出入り口がありました。そちらにも入ってみると小さな部屋が目に入り、壁《かべ》に寄せてベッドが置かれ、小さな台の脇《わき》にスツールが置かれていました。ベッドには森から運ばれた乾《かわ》いた苔《こけ》が幾重《いくえ》にも重なっていました。

「まるで宮殿《きゅうでん》だ！」クロースはにこにこして声を上げました。「善きヌークたちにまたお礼を言わなくちゃ。ぼくのために働いてくれたお礼はもちろん、人間に必要な物に詳《くわ》しいことにも」

新居から出かけるとき、クロースはほくほくしていました。森の生活を終えることにはしたけれど、この世界で一人ぼっちではないというううれしさでした。友情は簡単にこわれるものではないし、不死の者たちはいたるところにいるのです。

クロースは小川に着くと澄《す》んだ水を飲み、川辺に腰《こし》を下ろしました。そしてさざ波が岩に互《たが》いを押《お》しつけたり、次のカーブまで先を競って押しあいへしあいしながら歌ったりする、いたずら好きな、浮《う》かれさわぐ様子を笑って見ていました。さざ波が流れ去りながら歌う歌に耳を傾《かたむ》けもしました。

急いで　押して　進む！
ゆったり流れる波はない
みんなどきどき
しずくはわくわく
元気に遊んで　飛沫《しぶき》になって
前へ前へと転がるよ

次にクロースは食べられる根っこを探しました。ラッパズイセンは笑いかけるように小さい目でクロースを見上げ、可憐《かれん》な歌をたどたどしく歌いました。

花はたおやか　よく育つ
この上なく陽気な小花
香りを放ち　喜び与え
色を見せる

茎《くき》の先で小さなものたちが優雅《ゆうが》にうなずきながら幸せを語るのを聞いているとクロースは笑ってしまいました。でも別の調べが聞こえてきました。顔に陽射しがおだやかに注いで、こうささやいていたのです。

これぞ喜び　われらの光が

毎日この谷　あたためる
これぞ幸せ　生きているすべてに
安らぎ　与えること

「そう！」クロースが大声で答えました。「ここのものすべてに幸せと喜びがある。笑う谷は平和と善意の谷だ」

その日、クロースは蟻《あり》やかぶと虫と話し、のんきな蝶たちと冗談《じょうだん》を言いあって過ごしました。夜にはやわらかい苔のベッドでぐっすり眠りました。

次に妖精たちがやって来ました。ほがらかに、でも音を立てずに、フライパン、なべ、皿、平鍋《ひらなべ》など、食べ物を調理し、人間に安らぎを与えるために必要な道具一式をすべて運んできたのです。その道具で戸棚と暖炉を満たし、最後にベッド脇のスツールにウールの丈夫な衣服一《ひと》そろいを置いていきました。

クロースは目が覚めるとまた目をこすり、笑い声を立て、妖精と、彼《かれ》らを遣《つか》わした樵の長に向けて声に出してお礼を述べました。それから大喜びで熱心に新たな持ち物を一つひとつ調べると、使い方のわからない物も数点ありました。しかし偉《い》大《だい》なるアークのベルトにしがみついていた日々に、クロースは同類の風俗《ふうぞく》習慣をすべてさっと捉《とら》えていました。だから妖精たちが運びこんでくれた贈《おく》り物を見て、今後、自分が同類にならって暮らすよう長は望んでいるのだろうと推測しました。

つまり、とクロースは考えました。地面を耕して、トウモロコシを植えなくちゃいけないぞ。冬までに食べ物をたくさん収穫《しゅうかく》しておくんだ。でも、草が生《お》い茂《しげ》る谷に立っていると、土を耕して畝《うね》を作るのは、何百ものかわいらしく頼《たよ》りない花々と何千ものやわらかい草をすっかり取り除くことだと気がつきました。そんなことをするなんて、どうしても堪《た》えられません。

そこでクロースは腕《うで》を広げ、森で覚えた特別な口笛を吹《ふ》いて、叫《さけ》びました。

「野の花のリルよ――来て！」

たちまち十二人の風変わりで小さなリルがクロースの目の前の地面にしゃがんで、うなずいてほがらかにあいさつをしました。

クロースは真剣《しんけん》なまなざしでリルたちを見て、言いました。

「君たちの、森にいる仲間のことは何年も前から知っていて、ずっと大好きだ。君たちのことも友だちになれば大好きになるだろう。リルの掟《おきて》はぼくにとって、森の掟も野の掟も、神聖だ。みんなが丹精《たんせい》こめて世話をしている花を、ぼくは一輪もわざとダメにしたことはない。だけど寒い夜に食べるため、穀物を植えなきゃならなくなった。いったいどうすれば、自分のかぐわしい花のことをかわいらしく歌って聞かせてくれる生きものを殺さないで穀物を植えられる？」

キンポウゲの世話をしている黄色いリルが答えました。

「心配するな、わが友クロース。偉大なるアークから話は聞いている。君には食べ物のために働くよりも、人生で大切な仕事がある。ぼくらは森の者ではないから、アークはぼくらに指図はできないけれど、それでもアークが大事にしている人のためなら喜んで味方するよ。だから君は、取りかかろうとしている善い仕事をやるために生きるんだ。ぼくたち野のリルが食べ物の蓄《たくわ》えの世話はしよう」

このスピーチが終わるとリルたちはいなくなり、クロースは土を耕すという考えを頭から振り払《はら》いました。

次にクロースがふらりと住まいに戻《もど》ると、テーブルに新鮮《しんせん》な牛乳の入った鉢《はち》が置かれ、戸棚にパンがあり、横の皿には甘いハチミツが入っていました。赤いりんごと摘《つ》みたてのぶどうが入ったきれいなかごも待っていました。クロースは姿の見えないリルたちに「ありがとう、友たちよ！」と声をかけ、すぐに食べ物に手をつけました。

その後はお腹《なか》が空《す》いても戸棚をのぞきさえすれば、親切なリルが持ってきてくれる相当な量の蓄えがありました。そしてヌークは暖炉にくべる薪《たきぎ》をたっぷり切って積み重ねておいてくれました。妖精《ようせい》は、あたたかい毛布と衣類を持ってきてくれました。

かくして笑う谷での暮らしがはじまり、不死の者たちの親切と友情が必要な物をすべて与えてくれました。

第2章 クロース、はじめてのおもちゃ作り

われらがクロースには本当に智恵《ちえ》がありました。かくも幸運に恵《めぐ》まれていても、同類の子どもたちの友になるという決意はいっそう強まるばかりでした。不死の者たちが計画に賛同してくれていることはわかっていました。そ

うでなければ、これほど目をかけてくれなかったはずです。

そこでクロースはすぐさま人間と知りあおうと努めました。谷を歩いて向こう側の平原へ行き、人間の住まいに行き着くべく平原をさまざまな方向へ突《つ》き進んでみました。人間の住居は離《はな》ればなれに建っている場合も、村と呼ばれるグループに集まっている場合もありました。大きい家であれ小さい家であれ、ほとんどの家に子どもがいました。

まもなく子どもたちは、クロースの明るい笑顔《えがお》ときらきらかがやく目のやさしいまなざしを知るようになりました。一方、親は若者クロースのことを、年配者よりも子どもを愛している点でいくらか軽蔑《けいべつ》の目で見ていましたが、どうやら子どもを楽しませる気のありそうな遊び相手を少年少女たちが見つけたことには満足していました。

そこで子どもたちはクロースと一緒《いっしょ》に飛びはね、ゲームをして遊びました。少年たちはクロースの肩車《かたぐるま》に乗り、少女たちはクロースのたくましい腕に抱《かか》えられ、赤《あか》ん坊《ぼう》たちはクロースの膝《ひざ》に恋々《れんれん》としがみつきました。この若者がどこにいても、子どもらの笑い声がついてゆきました。このことをより深く理解するには、当時は子どもたちがほったらかしにされ、親からほとんど顧《かえり》みられなかったことを知っておかなくてはなりません。だからこそ、子どもたちにはクロースほどの好人物が自分たちを喜ばせることに打ちこんでいるのが驚《おどろ》きでした。そしてクロースと交流のある子どもはたしかにとても幸せでした。貧しくて虐《しいた》げられている子どもたちの悲しげな顔がこのときだけは晴れました。体が不自由な子は、不運にかかわらず笑顔を見せました。陽気な友人が見舞《みま》うと、病気の子どもたちはうめき声を出さなくなり、悲しみに暮れている子どもは泣きわめかなくなりました。

クロースが入ることを許されなかった場所は、ラードのお殿《との》さまの美しい宮殿と、ブラウン男爵《だんしゃく》のいかめしい城だけでした。どちらにも子どもはいましたが、宮殿の召使たちはよそ者の青年の目の前で扉《とびら》をぴしりと閉《と》ざし、獰《どう》猛《もう》な男爵はクロースを鉄のフックに引っかけて城壁《じょうへき》からつるすぞと脅《おど》しました。クロースはため息をつき、もっと歓迎《かんげい》してくれる、貧しい人々の住まいへ戻りました。

しばらく経《た》ち、冬が近づきました。

花々は命をまっとうし、しおれて消えてゆきました。かぶと虫はあたたかい土にもぐり、蝶々は草原から去り、小川はまるで風邪《かぜ》を引いたかのようなしゃがれ声になりました。

ある日、笑う谷じゅうの空間に雪が満ち、地面に向かう途中《とちゅう》でさわがしく踊《おど》り、クロースの住まいの屋根を純白の衣裳《いしょう》で覆《おお》いました。

その晩、冬将軍ジャック・フロストが玄関の扉をたたきました。

「なかへどうぞ！」クロースが大声で呼びかけました。

「外へ出てこい！」ジャックが答えました。「なかに暖炉があるんだろ」

そこでクロースが出てゆきました。ジャック・フロストとは森で顔見知りでした。この陽気な悪漢のことを信用はしていませんでしたが、好きでした。「今晩は俺《おれ》にとって、めったにない気晴らしができる夜なんだ、クロース！」妖精が叫びました。「すばらしい天気じゃないか？　夜明けまでにたくさんの鼻と耳とつま先を凍《こご》えさせるよ」

「ぼくのことが好きならジャック、子どもはよして」クロースが頼《たの》みました。

「そりゃどうして？」相手は驚いて尋《たず》ねました。

「やわらかくて、頼りないから」クロースが答えました。

「でも俺は、やわらかいのを凍えさせるのが好きなんだよ！」ジャックが言いました。「古いのは硬《かた》くて、指が疲《つか》れるから」

「子どもたちは弱くて、君とは戦えないんだ」クロースが言いました。

「そうだね」ジャックは何やら考えているふうに同意しました。「じゃあ今晩は子どもをつねらないことにする――誘惑《ゆうわく》に勝てたらね」そう約束しました。「おやすみ、クロース」

「おやすみ」

若者は家に入ってドアを閉め、ジャック・フロストは引き続き最寄《もよ》りの村へ駆《か》けてゆきました。

クロースは炎《ほのお》に丸太を一本投げいれ、丸太は明るく燃えあがりました。炉《ろ》辺《ばた》に猫《ねこ》のブリンキーがすわっていました。ヌークのピーターがくれた大きな牝猫《めすねこ》で、毛はやわらかく、つややかでした。ゴロゴロと鳴き、満足の歌をたえまなく歌っていました。

「しばらく子どもたちに会えない」クロースが話しはじめると、猫は親切にも歌うのをやめて耳を傾けました。「冬が来たから長いあいだ雪が積もって、小さな友人たちと遊べないんだ」

猫は前足を上げ、考えている様子で鼻をなでていましたが、返事はしませんでした。火があって、クロースが炉辺の安楽椅子《いす》にすわっているかぎり、猫は天候のことは気になりませんでした。

こうして何日も過ぎ、いくつもの長い夜が過ぎました。戸棚は常に満たされていましたが、ヌークたちが運んでくれた薪の山から薪を取って炎にくべるほかにすることがなくてクロースは退屈してしまいました。

ある晩クロースは木片《もくへん》を手にとり、愛用する鋭《するど》いナイフで削《けず》りはじめました。最初はただの退屈しのぎのつもりで、削りながら口笛を吹いたり、猫のために歌ってやったりしていました。猫はおすわりをしてクロースを見ながら、陽気な口笛に耳を傾けていました。自分で喉《のど》をゴロゴロ鳴らす歌よりもずっと好きでした。

クロースは猫をちらちらと見ては、少しずつ削っている棒も見ました。まもなく棒は形を成し、それは猫の頭のようで、耳が二つ立っていました。

クロースは口笛をやめて笑い、次にクロースと猫はいくぶん驚いて木像を見ていました。それからクロースは目を彫《ほ》り、鼻を彫り、頭の下のほうに丸みをつけて首に載《の》っているようにしました。

猫はもうこの物体をどう考えていいのかわからなくなり、身を固くしてすわり、次は何が起こるのだろうといくぶん怪《あや》しみながら見ているようでした。

クロースには次に何が起こるのかわかっていました。この頭を見て、ある考えが浮かんだのです。クロースはナイフをたくみにていねいに動かしてじわじわと猫の体を形作り、本物の猫と同じようにすわっている姿勢を取らせ、二本の前足にしっぽを巻きつけました。

ずいぶん時間のかかる作業でしたが、夜は長く、ほかにすることはありませんでした。ついにクロースは完成した労作に大喜びして大きな笑い声を立て、仕上がった木の猫を本物と向かいあわせに炉辺に置きました。

まもなく猫は自分の像をにらみつけ、怒《いか》りに毛を逆立て、反抗《はんこう》的にニャーと鳴きました。木の猫はそれにまるでかまわず、クロースは大いにおもしろがってまた笑い声を立てました。

猫のブリンキーは像をじっくり見るため、そしてにおいをかぎながら考えるために木像に近づいてゆきました。姿こそ自然だけれどもこれは木で出来ていると、目と鼻がブリンキーに教えました。だから猫は席に戻り、またゴロゴロと喉を鳴らしはじめました。しかし肉球のついた足で顔をきれいに洗いながら、器用な飼い主を一度ならず賛嘆《さんたん》のまなざしで見上げました。ひょっとすると、自分がよく写っている写真をわたしたちが見たときのように満足していたのかもしれません。

猫の飼い主もなぜかは、はっきりとわからないまま、自身の手仕事に満足していました。実際、彼にはその晩ほくほくする立派な理由があり、世界じゅうの子どもはみなクロースと一緒に喜ぶべきでした。クロースがはじめておもちゃを作ったのですから。

第3章　リル、おもちゃに色づけする

　さて、笑う谷はいまやしんと静まっていました。雪が白いベッドカバーのように谷を覆い、綿毛のような雪からなる枕《まくら》がクロースの住まいの前に吹き寄せられました。屋内ではクロースが燃えさかる炎に薪をくべていました。厚い氷の下で小川はゴボゴボと流れつづけ、すべての生きものと昆虫《こんちゅう》が暖を取ろうと母なる大地に寄り添《そ》いました。月は暗い雲に隠《かく》され、風は冬の遊びを楽しんで、あらゆる方向に雪を押したり、くるくると渦巻《うずま》かせたりしていて、雪は地面に着く間《ま》がありませんでした。

　風がたわむれにヒューヒュー鳴ったり、甲高《かんだか》い声を発したりするのをクロースは耳にして、居心地《いごこち》のいい住まいを作ってくれた善きヌークたちに改めて感謝しました。ブリンキーはゆったりと顔を洗い、大満足の面持《おもも》ちで真っ赤に燃えている薪をじっと見ていました。おもちゃの猫は本物に向かいあわせにすわり、いかにもおもちゃの猫らしく真正面を見すえていました。

ふとクロースの耳に、風の声と異なるような音が聞こえました。苦しみと絶望の泣き叫びに聞こえました。

クロースは立ちあがって耳を澄ませましたが、風がさわがしくなり、扉をゆらしたり窓をがたがた震《ふる》わせたりしてクロースの気を散らそうとしました。風がくたびれるまでクロースは待ち、その後も聞き耳を立てていると、甲高い悲嘆《ひたん》の声がまた聞こえてきました。

クロースはさっとコートをまとって帽子《ぼうし》を目深《まぶか》にかぶり、扉を開けました。風が吹きこんで薪の燃えさしを炉辺に散らし、同時にブリンキーの毛に猛烈《もうれつ》に吹きつけたのでブリンキーは逃《のが》れるべくテーブルの下にもぐりこみました。クロースが扉を閉めると、そこはもう外で、クロースは闇《やみ》に向かって不安そうに目を凝《こ》らしました。

風は笑い声を立てたり叱《しか》ったりしてクロースを押《お》し倒そうとしましたが、クロースは踏《ふ》ん張っていました。風まかせの雪が目に当たって視界がぼやけましたが、クロースは雪をこすり落としてふたたび目をこらしました。どこもかしこも雪だらけで、白く光っています。雪は地面を覆い、空中に降りしきっていました。

あの泣き声はくり返されませんでした。

クロースは屋内へ戻ろうと向き直りましたが、風に不意を突かれて雪の吹きだまりにつまずき、倒れました。吹きだまりに手が沈《しず》み、雪ではないものにさわりました。つかんでそっと引き寄せると、子どもでした。次の瞬間《しゅんかん》、クロースは子どもを抱えて屋内へ連れ帰っていました。

風も玄関から入ってついてきましたが、クロースが急いで締《し》めだしました。助かった子どもを炉辺に横たえ、雪を払うと、谷向こうの家に住むウィーカムという少年でした。

クロースは子どもをあたたかい毛布でくるみ、かじかんだ手足をさすってあたためようとしました。ほどなく子どもは目を開き、どこにいるのかわかると幸せそうに、にっこりしました。そこでクロースは牛乳をあたためてゆっくりと与え、猫はその様子を神妙な顔つきで興味深そうにながめていました。ついに子どもは友人の腕のなかで体を丸め、ほっと息を吐いて寝入りました。放浪者《ほうろうしゃ》を見つけることができて本当によかったとクロースは思い、眠っている子どもをしっかりと抱きしめていました。

風は、ここでこれ以上いたずらはできないとわかると丘を登り、北へさっと吹き進んでゆきました。それで疲れ果てていた雪は地面に落ちつく暇ができ、谷はふたたび静かになりました。

少年は友の腕に抱かれてすやすやと眠って目を覚まし、起きあがると、子どものつねで部屋をぐるりとながめ、部屋じゅうのものを見ました。

「ここの猫、いい猫だね」少年はついに口を開きました。「抱《だ》っこさせて」

でも猫は不満げに逃《に》げてゆきました。

「あっちの猫は逃げない」少年は言葉を続けました。「抱っこさせて」クロースがおもちゃの猫を差しだすと少年は大事そうに抱いて、木の耳の先にキスをしました。

「どうして嵐《あらし》のなかで迷子《まいご》になってしまったの、ウィーカム？」クロースは尋ねました。

「おばちゃんの家に一人で行こうとして迷っちゃったんだ」ウィーカムは答えました。

「こわかったかい？」

「寒かった」ウィーカムは言いました。「それに雪が目に入って、見えなくなった。でも歩きつづけていたら、雪のなかでころんで、どこにいるのかわからなくて、風がぼくに雪をかぶせて、ぼくをかくしちゃった」

クロースは少年の頭をそっとなで、少年はクロースを見上げてほほえみました。

「もう大丈夫」ウィーカムが言いました。

「そうだね」クロースはうれしそうに答えました。「さあ、あたたかいベッドに入って、眠るんだ。朝になったらお母さんのところへ送るよ」

「この猫も一緒に寝ていい？」少年が尋ねました。

「そうしたいなら、いいよ」クロースが答えました。

「いい猫だね！」クロースが毛布でくるんでやっているときにウィーカムがにこにこして言いました。少年は木のおもちゃを抱いて、まもなく眠りにつきました。

朝になると太陽が笑う谷をわがものとして、あまねく照らしました。そこでクロースは迷子を母親のもとへ連れて帰る支度《したく》をしました。

「この猫、もらってもいい？　クロース」ウィーカムが尋ねました。「本物よりもやさしいの。逃げないし、引っかいたり、かんだりしない。ぼくにくれる?」

「ああ、いいとも」クロースは答え、自作のおもちゃがこの子に喜びをもたらしたことをうれしく思いました。そういうわけで少年と木の猫をあたたかいマントでくるみ、この包みを大きな肩にちょこんとのせると、のしのしと歩いて、谷に積もった雪や吹きだまり、谷向こうの平原を越《こ》えて、ウィーカムの母親が暮らす貧しい小さい家へ行きました。

「見て、ママ!」家に入ったとたん、少年が言いました。「ぼくの猫!」

母親は大事なわが子が助かったことにうれし涙《なみだ》を流し、クロースの親切に対し何度も礼を述べました。だからクロースはあたたかく幸せな心持ちで帰ることができました。

その晩、クロースは猫に言いました。「子どもたちは本物の猫と同じくらい、木で作った猫も気に入るはずだ。それに木の猫なら、しっぽや耳を子どもに引っぱられても痛くない。次を作るよ」

それがクロースの偉大なる仕事のはじまりでした。

次の猫は最初よりもうまくできました。クロースが猫を彫っていると、黄色のリルが訪《おとず》れ、クロースの技術にたいそう満足して、さっと抜《ぬ》けだして仲間を数人連れてきました。

赤のリル、黒のリル、緑のリル、青のリル、黄色のリルが床《ゆか》に輪になってすわり、クロースは木を少しずつ削《けず》り、口笛を吹き、木の猫は次第《しだい》に形を成してゆきました。

「モデルの猫と同じ色にできれば、誰にも違いはわからない」黄色のリルが考えながら言いました。

「ひょっとすると、子どもにはわからないかもね」クロースは応じました。

その考えが気に入ったのです。

「バラやチューリップに塗《ぬ》る赤を少し持ってくるよ」赤のリルが大声で言いました。「そうしたら君が猫の唇《くちびる》と舌を赤くできる」

「ぼくは草や葉っぱに塗る緑を少し持ってくる」緑のリルが言いました。

「そうしたら君が猫の目を緑色にできる」

「目に黄色もちょっといるね」黄色のリルが述べました。「キンポウゲやアキノキリンソウに塗る黄色を少し取って来なくちゃ」

「本物は黒猫だねえ」黒のリルが言いました。「パンジーの中心に塗る黒を少し持ってくる。そうすれば、木の猫を黒くできるよ」

「ブリンキーの首に青いリボンを巻いてるね」青のリルがつけ加えました。「釣《つ》り鐘《がね》の形の青い花や忘れな草に塗る色を少し取ってくるよ。そうしたらおもちゃの猫の首に木のリボンを彫って、青く塗ることができる」

リルたちはいなくなり、クロースが猫の姿を彫り終えた頃、全員が絵具と筆をたずさえて戻ってきました。

リルたちはブリンキーをテーブルの上にすわらせました。クロースがおもちゃの猫に本物そっくりの色を塗れるようにするためです。やがて塗り終わると、生き写しだとリルたちは断言しました。

「つまり、どう見てもってこと」赤のリルがつけ加えました。

おもちゃのほうが注目を集めていることにブリンキーはいささか気分を損《そこ》ねているらしく、自分が偽物《にせもの》の猫を認めている素振りを見せないよう、炉辺の隅《すみ》へ行き、いかめしい態度ですわっていました。

でもクロースは喜びました。朝になるとすぐに出かけ、雪のなかを歩いて谷と平原をわたり、ある村に到《いた》りました。ラードのお殿さまの美しい城壁《じょうへき》にほど近い貧しい小屋のなか、みすぼらしい簡易ベッドに小さな女の子が横たわり、痛みにうめいていました。

クロースは子どものそばに行き、まずキスをして慰《なぐさ》め、次に隠していたおもちゃの猫をコートの下から出して少女に抱えさせました。

ああ、労力も、歩いてきた長い道のりも、十二分に報《むく》われた！　子どもの目が喜びにきらめくのを見てクロースは思いました。まるで貴重な宝石であるかのように少女は猫を胸にしっかりと抱きよせ、一瞬たりとも放そうとしませんでした。少女の熱は下がり、痛みはやわらぎ、元気が戻るようなおだやかな眠りにつきました。

帰り道、クロースはずっと笑って口笛を吹き、歌いました。この日ほど幸福感に満たされたことはありませんでした。

家に入ると、牝ライオンのシーグラが待っていました。シーグラはクロースのことを赤ん坊の頃からいつくしみ、クロースが森に住んでいた頃はニシルの住まいをしばしば訪ねていました。クロースが笑う谷に引っ越すとシーグラはさびしくなり、落ち着かなくなって、クロースにもう一度会いに、ライオンがみな大嫌《だいきら》いな雪の吹きだまりをものともせずにやって来たのです。シーグラは歳《とし》を取ってきて、歯が抜けはじめ、耳としっぽの先の毛は黄褐《おうかっ》色《しょく》から白へと変わっていました。

シーグラが炉辺で横になっていたのでクロースは首に腕を回し、しっかり抱きしめました。猫は離れた隅に下がっていました。シーグラと接する気はなかったのです。

昔なじみの友に向かって、クロースは自分が作った猫たちのことや、ウィーカムや病気の少女におもちゃの猫がたいそう喜ばれたことを話しました。シーグラは人間の子どもについてほとんど知りませんでした。もしも子どもに出会ったら、子どもをむさぼり食わずにこらえきれるかどうか怪しいものでした。それでもシーグラはクロースの新たな仕事に興味を持ち、こう言いました。

「その彫像《ちょうぞう》はずいぶん魅力があるようだね。でもどうして猫を作らなくちゃいけないのかねえ。猫は取るに足りない動物だもの。ねえ、わたしが来ているんだから、牝ライオンの像を作ったら。百獣《ひゃくじゅう》の女王の像。そうしたら子どもはきっと喜ぶし――安全でもあるんだから！」

クロースはよいアイディアだと思いました。そこで木の塊《かたまり》を持ってきて、ナイフを研《と》ぎました。一方、シーグラはクロースの足元で炉辺にうずくまっていました。クロースは牝ライオンに似せて丹念に頭を彫りました。下唇の上でカーブしている二本の恐《おそ》ろしげな歯も、大きく見開いている目の上に刻まれている深い、険しいしわも彫りました。

出来あがるとクロースは言いました。

「ずいぶんこわい顔になったよ、シーグラ」

「じゃあ、わたしに似ているはずよ」シーグラは答えました。「だってわたしは、友だち以外のすべての者にとってたしかに恐ろしいのだから」

次にクロースは体を彫り、シーグラの長いしっぽをつけました。うずくまっている牝ライオンの像は実物によく似ていました。

「満足よ」シーグラはあくびをして、優雅に体を伸《の》ばしながら言いました。

「色を塗るのを見ているわ」

クロースはリルから贈られた絵具を戸棚から出し、本物のシーグラに似せて色を塗りはじめました。

牝ライオンは肉球のついた大きな足をテーブルのへりにのせて体を持ちあげ、自分と似ているおもちゃをじっくり見ました。

「本当にいい腕ね！」シーグラが誇《ほこ》らしげに言いました。「子どもたちはきっと猫よりも気に入るわ」

そしてシーグラはブリンキーに向かって歯をむいてうなり、ブリンキーは恐ろしさに背中を丸めてぐっと突き上げ、おびえた様子でキーキー鳴き、シーグラはゆったりとした足取りで森の住まいへ帰ってゆきました。

第4章　メイリーちゃん、おびえる

さて、冬は過ぎ、笑う谷全体がウキウキした興奮に満ちていました。小川はふたたび自由になったうれしさに、いまだかつてないほど騒々《そうぞう》しくゴロゴロいって、しぶきが高く舞いあがるほど向こう見ずに岩にぶつかってゆきました。雪から隠れて潜《ひそ》んでいた、とがった小さな草の葉は、もつれている枯れた茎を突きぬけて伸びていましたが、花はまだ遠慮《えんりょ》がちで、リルが根っこにせっせと栄養を与えているにもかかわらず姿を見せていませんでした。太陽はまれに見る上機嫌《じょうきげん》で、谷いっぱいに陽射しを愉快《ゆかい》に躍《おど》らせていました。

ある日、クロースが食事をとっていると、扉をおずおずとたたく音が聞こえました。

「お入り！」クロースは呼びかけました。

誰も入ってきませんでしたが、しばらくするとまた扉をたたく音がしました。

クロースは飛びあがって扉を開きました。すると目の前に小さな女の子がいて、もっと小さな男の子の手をしっかり握《にぎ》っていました。

「クローシュしゃん?」少女が恥《は》ずかしそうに尋ねました。

「ああ、そうだ!」クロースは答え、笑って子ども二人を同時に抱きしめ、キスをしました。「大歓迎だよ。ご飯にもちょうど間にあったから、どうぞ」クロースは二人をテーブルにつかせ、新鮮な牛乳とナッツのケーキを食べさせました。子どもたちのおなかが満たされるのを待ってクロースは尋ねました。

「どうしてこんなに遠くまで会いに来たの?」

「ニャーニャーがほしいの!」メイリーちゃんが答えました。言葉をまだあまり話せない弟はうなずいて、こだまのように言いました。「ニャー!」

「ああ、ぼくの作るおもちゃの猫がほしいのかい?」クロースは応じて、自分の手仕事が子どもにこれほど人気があると知って、とてもうれしく思いました。

幼い訪問者二人はうんうんと熱心にうなずきました。

「残念ながら」クロースは続けました。「いま猫は一匹《ぴき》しかできていないんだ。昨日、町の子どもたちに二匹届けたばかりなんだよ。できあがっている一匹は弟にあげることにするね、メイリー。弟のほうが小さいから。次に作る猫は、君の猫になるからね」

　クロースが差しだした大事なおもちゃを少年は満面の笑《え》みを浮かべて受けとりましたが、メイリーちゃんは腕で顔をおおうと悲しそうに泣きだしてしまいました。

「あたし――あたし――あたし――は、いまニャーがほしいのっ！」メイリーちゃんは泣きわめきました。

　メイリーちゃんの落胆《らくたん》ぶりにクロースは一瞬みじめな気分になりました。でも、ふとシーグラのことを思い出しました。

「泣かないで！」クロースはなだめる口調で言いました。「猫よりもずっと素敵《すてき》なおもちゃがある。それをあげよう」

クロースは戸棚へ行き、牝ライオンの像を取りだして、メイリーちゃんと向かいあわせになるようテーブルに置きました。

少女は腕を上げ、獣《けもの》のおそろしげな歯と、にらんでいる目を一目見ました。そして恐怖の悲鳴をあげて家から駆けだしてしまいました。少年もそのあとを追って、やはり元気よく悲鳴をあげ、恐怖のあまり大事な猫も落として逃げてゆきました。

一瞬クロースは訳がわからず、驚いて棒立ちになりました。やがてシーグラの像を戸棚に放《ほう》りこみ、子どもたちを追いかけ、怖《こわ》がらなくていいんだと呼びかけました。

逃げていたメイリーちゃんが立ち止まり、弟はメイリーちゃんのスカートにしがみついたものの、二人とも怯《おび》えたまなざしを家に投げかけていました。クロースは二人に向かって、獣は閉じこめてあるし、鍵《かぎ》もかけてあるんだと何度も繰《く》り返して、安心させました。

「でも、どうしてあれを見てこわくなったの?」クロースは尋ねました。

「遊ぶためのおもちゃなのに!」

「悪いものだから!」メイリーちゃんがきっぱりと言いました。「そ、それに――それに――怖いばっかりで、ニャーニャーみたいにかわいいところがぜんぜんないっ!」

「そうかもしれない」クロースは考えながら言いました。「でも、家まで一緒に戻ってくれたら、じきにかわいい猫を作るよ」

二人は友の言葉を信じていたので、おずおずとふたたび家に入りました。

それからクロースが木の小さな塊から猫を彫りだし、本物の猫みたいな色を塗る様子をながめて楽しく過ごしました。クロースはすでにナイフの扱《あつか》いが巧《たく》みになっていて、作業は長くかかりませんでした。そしてメイリーちゃんは自分のおもちゃが作られる様子を見ていたおかげで、よりいっそう愛着がわきました。

小さな訪問者たちが小走りで家路についたあと、クロースは長いあいだすわってじっくり考えていました。そして友人の牝ライオンのような獰猛な生きものは、自分が作るおもちゃのモデルには向かないと結論《けつろん》を下しました。クロースはつくづく思いました。かわいい子どもたちを怖がらせることは何ひとつあってはならない。もちろんぼくはシーグラをよく知っているし、怖くないけれど、子どもがシーグラの像を見て怯えるのは当然だ。今後彫るおもちゃのモデルは、りすやうさぎ、鹿《しか》や子羊などおだやかに振る舞う生きものから選ぼう。そうすれば子どもたちはおもちゃを恐れるのではなく、むしろ好きになるだろう。

その日から早速クロースは仕事にかかり、寝る時間までに木のうさぎと子羊が完成しました。猫たちほど実物そっくりにならなかったのは、記憶《きおく》を頼りに形づくっていたからです。猫を作るときは、クロースが眺《なが》めていられるように猫のブリンキーが少しも動かないですわっていてくれたのです。

それでも子どもたちは新しいおもちゃに大喜びで、クロースの遊び道具は平原および村じゅうの小さな家にたちまち知れわたるようになりました。病気の子どもたちや体の不自由な子どもたちにはクロースが必ず贈り物を届けにゆきましたが、体力が充分ある子どもたちは歩いて谷にあるクロースの家を訪れておもちゃを求めたので、まもなく平原からおもちゃ職人の家の玄関《げんかん》まで、多くの足に踏みしめられた小道ができました。

最初に訪れたのは、クロースがおもちゃを作る前から遊び仲間だった子どもたちです。この子たちにはもちろんおもちゃがたくさん与えられました。その後、すばらしい彫像の話をもっと遠くに住む子どもたちも耳にして、おもちゃを手に入れようと谷にやって来ました。どの子もあたたかく迎《むか》えられ、何ももらえずに帰った子は一人もいませんでした。

こうして手仕事に対する需要《じゅよう》が高まってクロースはしじゅう忙《いそが》しくなりましたが、これほど多くのいとしい子どもが喜んでいると知って、とても幸せでした。クロースの仲間である不死の者たちはクロースの成功を喜び、けなげにクロースを支えました。

ヌークはクロースのために、やわらかい、節《ふし》のない木材を選びました。木を切るときにクロースのナイフの刃《は》が鈍《にぶ》らないようにするためです。リルはクロースにあらゆる色の絵具と、ティモシー草の先端《せんたん》で作られた筆を与えました。職人クロースが各種ナイフのほかにのこぎり、のみ、トンカチ、釘《くぎ》も入用だと妖精たちは知って、こうした道具も十二分にそろえて持ってきてくれました。

まもなくクロースは自宅のリビングルームを最高にすばらしい仕事場にしました。窓に面する作業台をこしらえ、スツールにすわったままですべてに手が届くよう道具と絵具を並べました。そして、子どもたちを喜ばせようと次々おもちゃを仕上げるうちに、どんどん愉快で幸せになってきて、一日じゅう歌ったり、笑ったり、口笛を吹いたりせずにはいられませんでした。

「笑う谷に住んでいるおかげだな。なんせ、まわりのものがすべて笑っている場所だから」クロースは言いました。

でも、別の理由があったのです。

第5章　ベッシー・ブライスサム、笑う谷に来る

ある日、クロースは日向《ひなた》にいたくて、玄関先にすわっておもちゃの鹿の頭と角をせっせと彫っていました。顔を上げると、騎馬《きば》によるパレードがきらめきながら谷を進んで近づきつつありました。

やがてパレードがそばに来ました。一団は大勢の重騎兵《じゅうきへい》からなり、かがやく甲冑《かっちゅう》をまとい、槍《やり》や戦闘《せんとう》用の斧《おの》を手にしています。先頭で馬上にいるのは幼いベッシー・ブライスサム。かつてクロースを宮殿から追い払った、誇り

高いラードのお殿さまのきれいな娘《むすめ》です。ベッシーの馬は真っ白で、馬勒《ばろく》にはきらめく宝石がふんだんにちりばめられ、鞍《くら》は金の布で覆われ、その布には刺繍《ししゅう》がたっぷりほどこされています。道中ベッシーが危険な目に遭《あ》わないよう警護すべく兵隊が派遣《はけん》されたのです。

クロースがびっくりしながらも彫りつづけ、歌いつづけていると、パレードは目の前まで来ました。すると少女が馬の首から身を乗りだして言いました。

「クロースさん、お願いがあります。わたし、おもちゃがほしいの！」

熱心に訴《うった》えかけてくる声でしたので、クロースは飛びあがってベッシーの横に立ちました。ただ、少女の要求にどう答えるかについては困ってしまいました。

「お金持ちのお殿さまのお嬢《じょう》さんだから」クロースは言いました。「ほしいものは何でも持っているんじゃないかな」

「おもちゃのほかは何でも」ベッシーがつけ加えました。「おもちゃは世界じゅうにクロースさんのしかないの」

「おもちゃを作っているのは貧しい子たちのためなんだ。あの子たちはほかに楽しめるものがないから」クロースは言葉を続けました。

「貧しい子のほうが金持ちの子よりもおもちゃで遊ぶのが好きなの？」ベッシーが尋ねました。

「そういうことはあるまいな」クロースが考えながら言いました。

「お父さんが殿さまなのは、わたしのせい？　ほかの子のほうが貧しいからって、わたしがほしいかわいいおもちゃをもらえないことになるの？」ベッシーが真剣に問いました。

「そうなってしまうねえ」クロースは答えました。「貧しい子たちは遊ぶものをほかに持っていないんだ。お嬢さんは自分のポニーに乗れるし、召使《めしつかい》にかしずかれ、お金で手に入る便利なものや楽しみは何でも持っている」

「でも、おもちゃがほしいの！」ベッシーはこみ上げる涙を拭《ふ》きながら大声で言いました。「おもちゃがもらえないと、とっても悲しくなっちゃうわ」

クロースは困りました。ベッシーの深い悲しみによって、子どもの置かれている境遇《きょうぐう》を問わず、どの子も幸せにすることが自分の願いだったと思い起こしたからです。でも、かくも大勢の貧しい子どもたちがクロースのおもちゃをほしいほしいと望んでいるいま、ベッシー・ブライスサムにおもちゃを与《あた》えることは堪《た》えられません。幸せになる材料をすでに十二分に持っている子なのです。

「よくお聞き」クロースはやさしく言いました。「いま作っているおもちゃはどれもほかの子にあげる約束なんだ。でも、そんなに望んでいるのなら、次に作るおもちゃはお嬢さんにあげよう。二日経ったらまたおいで。そうしたら用意ができているから」

ベッシーは歓声を上げ、ポニーの首越《くびご》しに身を乗りだしてクロースの額にかわいらしくキスをしました。そして兵隊に呼びかけて楽しそうに去っていき、クロースはふたたび仕事に戻りました。

クロースは考えました。もしも貧しい子どもにおもちゃを与えるのと同じように金持ちの子どもにも与えるのが務めなら、一年じゅう、わずかな暇もなくなるぞ。でも、自分が金持ちに物を与えるのは正しいのだろうか。ニシルに会って相談しなくては。

そこで、森の空き地で顔なじみだった鹿にとてもよく似たおもちゃを仕上げたあとでバージーの森に入ってゆき、育ての母である美しいニンフ、ニシルの住まいへ向かいました。

ニシルはやさしくいつくしみ深くクロースを迎え、ベッシー・ブライスサムの訪問の話に興味を持って耳を傾《かたむ》けていました。

「さあ教えて」クロースは言いました。「ぼくは金持ちの子どもにおもちゃを与えるべき?」

「この森にいるわたしたちは富について何も知らないわ」ニシルは答えました。「子ども同士は同じなのではないかしら。同じものでできているでしょう。富は服のようなもので、身に着けることもできるし、うばわれることもあるけれど、子ども自身は変わらない。でも、人類を守っているのは妖精よ。人間の子どもにもっと詳《くわ》しいはず。妖精の女王を呼びましょう」

妖精の女王が呼ばれ、二人の隣《となり》にすわりました。そして、金持ちの子どもは自分が作るおもちゃがなくてもやっていけるとクロースが考える理由を述べるのに耳を傾け、それに対してさきほどニシルが述べた答えにも耳を傾けました。

「ニシルが正しい」女王が言いました。「なぜなら、金持ちだろうと貧乏《びんぼう》だろうと、子どもがかわいい遊び道具を求める気持ちはごく当たり前のこと。裕福《ゆうふく》なベッシーは貧乏なメイリーと同じくらい哀《かな》しみを味わいうる。同じだけさびしさや不満を覚えうるし、同じだけほがらかで幸せにもなりうる。わが友クロース、小さい人たちを全員喜ばせることがあなたの義務だと思うわ。子どもがたまたま宮殿《きゅうでん》で暮らしていようと、小さい家で暮らしていようと」「賢明《けんめい》なるお言葉です、うるわしい女王さま」クロースは答えました。「そしてそれと同じく、公平なお言葉だと心が言っています。これからはどの子もぼくに願い事をしていいことにします」

そしてクロースはしとやかな妖精の前でお辞儀《じぎ》をし、ニシルの赤い唇にキスをして、自分の谷に帰ってゆきました。

クロースは水を飲むために小川に寄り、水を飲んでから川辺に腰《こし》をおろし、ベッシー・ブライスサムにどんなおもちゃを作ればいいだろうと考えながら、湿《しめ》った粘土を手に取りました。いつのまにか指が粘土をこねて形をつけていて、下を向くと知らないうちにわずかにニンフのニシルの面影《おもかげ》がある頭部を作っていました！

クロースはにわかに興味がわいて、川のほとりから粘土をさらに集めて家に持って帰りました。そしてナイフと木片の力を借りて、粘土をおもちゃのニンフ像にすることに成功しました。クロースは見事な彫りで頭部に長い、波打つ髪《かみ》を形作り、体はオークの葉の衣《ころも》で覆い、衣のすそから出ている足にはサンダルを履《は》かせました。

でも粘土がやわらかいため、きれいな手仕事をダメにしないよう、そっと扱《あつか》わなくてはいけないことがわかりました。

粘土の水分を天日で乾《かわ》かせば固まるかもしれないとクロースは思いました。そこで像を平らな板にのせ、まばゆい日光が当たるように置いてみました。

その後、作業台でおもちゃの鹿に色を塗りはじめ、まもなく没頭《ぼっとう》し、粘土のニンフのことはすっかり忘れていました。でも翌朝、板に横たえてある像にふと気がつきました。天日で石のように固く焼きかためられ、心配せずに作業ができる丈夫さになっていました。

次にクロースはニシルに似せて、ニンフ像に丹念に絵具を塗りました。濃《こ》い青の瞳《ひとみ》、白い歯、バラ色の唇、赤みがかった茶色の髪。衣はオークの葉の緑に塗り、絵具が乾くとクロース自身この新しいおもちゃに魅了《みりょう》されました。もちろん実際のニシルの美しさには遠く及《およ》びませんが、材料を考えれば、この像をとても美しいと思いました。

翌日ベッシーが白馬に乗ってクロースの家を訪れ、クロースは新しいおもちゃを贈《おく》りました。かわいらしい像をじっくり見るうちに少女の目はそれまでになくかがやき、少女はすぐにこの像が大好きになり、ぎゅっと、母親が子を抱くように胸に抱き寄せました。

「これはなんというの、クロース？」少女は尋ねました。

ニンフたちは人間に話題にされることを好まないとクロースは知っていたので、いまあげたのはニシルの像だと教えることはできませんでした。でも新しいおもちゃだから新しい呼び名をつけようと頭をしぼり、最初にひらめいた言葉がとてもよくあうと思いました。

「これはお人形《ドーリー》さんというんだ」クロースはベッシーに言いました。

「このお人形さん、わたしの赤ちゃんって呼ぶわ」ベッシーは答え、お人形さんに大事そうにキスをしました。「面倒《めんどう》を見て、世話をする。乳母《うば》が私の世話をしてくれるみたいに。ありがとう、クロースさん。この贈り物のおかげでいままでで一番幸せよ！」

ベッシーはおもちゃを抱きしめて馬に乗って去ってゆきました。その喜びようを見て、クロースは次のお人形さんを作ろうと思いました。第一作よりもうまく、もっと本物らしく作るのです。

クロースはまた小川から粘土を運んでくると、ベッシーがお人形さんをわたしの赤ちゃんと呼んだことを思いだし、今度は赤ん坊の像を作ることにしました。この器用な職人にとってむずかしいことではなく、まもなく赤ん坊のお人形さんが板に寝《ね》かされ、日干しにするために日なたに置かれました。

さらに、残っている粘土でクロースはベッシー・ブライスサムの像を作りはじめました。

これはそれほどやさしくありませんでした。お殿さまの令嬢《れいじょう》がまとう絹のドレスはこのありきたりの粘土では作れないとわかったのです。そこで妖精《ようせい》に手伝いに来てもらい、色のついた絹を持ってきてほしいと頼みました。粘土の像に着せる本物のドレスを作るためです。妖精たちはこのお遣《つか》いにただちに出発しました。そして日の暮れないうちに、絹、レース、金色の糸をたっぷりと持って戻《もど》ってきました。

さて、クロースは新しいお人形さんを仕上げたくてもどかしくなり、翌日の太陽を待つ代わりに、炉辺に粘土の像を置いて赤く燃えている薪《たきぎ》を載《の》せました。朝になり、灰からお人形を引きだすと、暑い天日に一日さらしたかのごとく硬く焼けていました。

今度はわれらがクロースはおもちゃ職人に加えて仕立て屋さんになりました。藤色《ふじいろ》の絹を裁《た》ち、新しい人形にちょうどいい大きさの美しいドレスをきれいに縫《ぬ》いあげました。首のまわりにレースの襟《えり》をつけ、足にはピンクの絹の靴《くつ》をはかせました。粘土が焼きあがったときの素の色は淡《あわ》いグレーですが、クロースは肌色《はだいろ》に似せて顔を塗り、お人形にベッシーの茶色い目、金髪《きんぱつ》、バラ色の頬《ほお》を与えました。

それは目をたいそう楽しませ、きっと子どもを喜ばせるものでした。クロースが人形に見とれていると扉をたたく音がして、メイリーちゃんが入ってきました。悲しそうで、目は泣きはらして赤くなっていました。

「おや、何が悲しいの？」クロースは尋ねながら抱き寄せました。

「あたし――あたし――ニャーをこわしちゃった！」メイリーちゃんは泣きました。

「どんなふうに？」クロースは尋ねました。その目はかがやいていました。

「あたしが――落っことしたからしっぽが取れて、それで――それで――また落っことして、耳が取れちゃったの！　だから――だから――もうダメになっちゃった！」

　クロースは笑い声をあげました。

「ちっとも気にしなくていいんだ。メイリー」クロースは言いました。「猫の代わりとして、この新しいお人形さんはどうかな？」

　絹のドレスをまとったお人形さんを見て、メイリーちゃんは目を丸くしました。

「あー、クローシュしゃん！」メイリーちゃんは声をあげ、大喜びで小さな手をたたきました。「そのきれいなレディをもらっていいの？」

「気に入った？」クロースが訊《き》きました。

「大好き！」メイリーちゃんは言いました。「ニャーニャーよりもいい！」

「じゃあ、持っていきなさい。こわさないよう、気をつけるんだよ」

　メイリーちゃんは、ほとんど畏敬《いけい》に近い喜びをもってお人形を受けとり、家路につくときには満面の笑みを浮《う》かべ、えくぼができていました。

第6章　よこしまなオーグワたち

さて、オーグワの話をしなくてはなりません。オーグワとはとてつもなくひどい種族で、われらが善良なるクロースを大いに困らせ、世界じゅうの子どもたちから一番古い、最高の友をうばいとる寸前までいったのです。

オーグワを話題にしたくはありませんが、オーグワもこのクロースの伝記の一部で、無視するわけにいきません。オーグワは人間ではなく、不死の者でもなく、両者の区分のはざまにいました。オーグワの姿は普通《ふつう》の人間には見えませんが、不死の者には見えます。オーグワは場所から場所へさっと飛んでいけるし、人間の思考に影響《えいきょう》をおよぼして、自分たちのよこしまな意志を実行させることもできました。

巨大《きょだい》なオーグワたちは、粗野《そや》な、苦りきった顔をしており、そこに全人類に対する嫌悪《けんお》がはっきりと表われていました。良心はみじんもなく、悪事にのみ歓喜《かんき》しました。

オーグワはごつごつした山地に暮らし、邪悪《じゃあく》な目的を遂《と》げるべくそこから出かけていきました。

一族がなしうるもっともおぞましい行いを思いつく者が必ずオーグワの王に選ばれ、一族はみな王の命令にしたがいました。まれに百歳《さい》まで生きるオーグワもいましたが、たいてい同族内で熾烈《しれつ》な戦いを繰り広げていたため戦死する者も多く、死んでしまえばそれきりでした。人間にはオーグワを痛めつける力はなく、不死の者たちはオーグワと聞いただけで身震《みぶる》いして常に避《さ》けていました。だからオーグワたちは長いあいだ戦う相手もなく栄え、数々の悪さをしていました。

ご安心ください。喜ばしいことに、この悪質な生きものは、はるか昔に滅《ほろ》び、地上から消えています。しかしクロースがおもちゃを作りはじめた頃《ころ》には大勢いて、強力な一族でした。

オーグワの主な楽しみのひとつは幼い子どもたちを怒《おこ》らせ、子ども同士が言い争いをしたり喧嘩《けんか》をしたりするよう仕向けることでした。まだ熟していない果実を食べるよう少年を誘惑《ゆうわく》し、あとで彼《かれ》らが腹痛に苦しんでいると大喜びしました。少女には親の言うことに逆らうよう促《うなが》しておいて、親にお仕置きされると声を立てて笑いました。今日び、どういう理由で子どもが悪い子になるのか、わたしは知りませんが、オーグワが地上にいた頃、悪い子たちはたいていオーグワの影響下にありました。

さて、クロースは子どもを喜ばせる仕事をはじめたとき、子どもたちにオーグワの支配がおよばないようにしていました。なぜならクロースから贈られたほどの素敵な遊び道具を手にした子どもたちは、オーグワが吹きこもうとするよこしまな考えにしたがう気などまったくないからです。

そこである年、この邪悪な一族は新しい王として、クロースを無き者にして子どもたちのもとから取りあげようではないかと提案したオーグワを選びました。

「みなが知ってのとおり、クロースが笑う谷に来ておもちゃを作るようになって以来、世界の悪い子は減った」新しい王は岩にしゃがんで、民《たみ》の苦りきった顔を見渡《みわた》しながら言いました。「なにしろ今月に入ってからベッシー・ブライスサムは一度も地団太《じだんだ》を踏んでいない。メイリーの弟も、姉の顔を引っぱたいていないし、雨水をためる樽《たる》に小犬を放りこんでもいない。昨夜、幼いウィーカムは悲鳴をあげたり、あばれたりせずに風呂《ふろ》に入った。おもちゃの猫《ねこ》と一緒《いっしょ》に寝ていいと母親が約束したからだ！　オーグワなら考えたくもないひどいありさまだ。われわれが子どもたちに悪さを指図できる、ただひとつの方法は、このクロースなる人物を子どもたちから引きはなすことだ」

「いいぞ！　いいぞ！」大柄《おおがら》なオーグワたちが声をそろえて叫《さけ》び、王の演説を称《たた》えるべく拍手《はくしゅ》をしました。

「でも、あいつをどうします？」オーグワの一人が尋《たず》ねました。

「俺《おれ》には計画がある」よこしまな王が答えました。王の計画はまもなくあきらかになります。

その晩クロースは幸福感に満たされてベッドに入りました。日中にかわいいおもちゃを四点も仕上げ、これで四人の子どもを喜ばせることができるだろう、と考えていました。しかしクロースが眠《ねむ》っているあいだに目に見えないオーグワたちがベッドを取りかこみ、丈夫《じょうぶ》な縄《なわ》でクロースを縛《しば》りあげ、クロースを運んで遠く離《はな》れたエソップの暗い森の中心へ飛んでいきました。そこにクロースを横たえ、置き去りにしたのです。

朝になってクロースは、いまやすべての人間から何千マイルも遠くにいることを知りました。見知らぬ国の荒々《あらあら》しいジャングルの囚《とら》われ人です。

頭上の木の大枝から巨大なパイソンがぶらさがってゆれています。人間に巻きついて骨を砕《くだ》くことができる爬虫類《はちゅうるい》の一種です。数ヤード先には獰猛《どうもう》なパンサーがうずくまり、にらみつけるような赤い目を無防備なクロースにしっかりと注いでいます。一刺《ひとさ》しされたら死んでしまう、怪物《かいぶつ》のように大きい、まだら模様の蜘蛛《くも》が、からみあう葉の上を忍《しの》び寄ってきました。蜘蛛が触《ふ》れたそばから葉っぱは縮み、黒くなります。

しかし、バージーの森で育ったクロースは怖くありませんでした。

「来たれ、森のヌーク！」そう叫び、ヌークたちの知る、低い音色の独特の口笛を吹《ふ》きました。

すると餌食《えじき》に飛びかかる寸前だったパンサーが向きを変え、すごすごといなくなりました。パイソンは体を振《ふ》り上げて木に戻り、葉っぱのなかに消えてゆきました。蜘蛛は急に止まって、腐《くさ》りかけている丸太の下に隠れました。

でもクロースはそちらに気がつく暇《ひま》はありませんでした。ごつごつしたこわい顔つきのヌークの一団に取りかこまれていたからです。これまでに見たどのヌークよりも体が曲がっていて、ゆがんでいました。

「わしらを呼ぶそちは誰《だれ》だ？」ひとりがしわがれ声で問い詰《つ》めました。

「バージーの森にいるヌークの友人だ」クロースが答えました。「敵のオーグワにつかまって連れて来られて、みじめに死ぬよう置いて行かれた。お願いだから、ぼくを自由にして、家に帰してほしい」

「あのしぐさはできるか？」別のヌークが尋ねました。

「できる」クロースは言いました。

ヌークたちはクロースを縛っている縄を切りました。動かせるようになった両腕《りょううで》で、クロースはヌークの秘密のしぐさをしました。

するとヌークたちはすぐにクロースに手を貸して立たせ、元気になるよう食べ物と飲み物を持ってきてくれました。

「バージーの森のきょうだいは変わった友だちを作るんだな」真っ白いあご

ひげをふさふさとはやした古老のヌークがぶつくさ言いました。「だが秘密のしぐさと合図を知っているなら、誰であろうとわしらの助けを得る権利がある。目を閉じなさい、よそ者よ、そうしたら君の家まで案内しよう。どこで探せばいいのかな?」

「笑う谷なんです」クロースは目をつぶりながら答えました。

「みなに知られている場所に笑う谷はひとつきりだから迷いようがない」ヌークが述べました。

ヌークが話している最中にその声が消えていくようなので、何が起きたのか知るべくクロースが目を開くと、驚《おどろ》いたことにすでに自宅の玄関前のベンチに腰かけていて、目の前に笑う谷が広がっていました。その日のうちにクロースは森のニンフたちを訪れ、ザーリーン女王とニシルに冒険談《ぼうけんだん》を聞かせました。

「オーグワに目をつけられたのね」うるわしい女王が考え考え言いました。

「オーグワたちの力からあなたを守るために、できるかぎりのことをしなくては」

「寝ているあいだに縛るなんて、卑怯《ひきょう》です」ニシルが憤慨《ふんがい》して言いました。

「よこしまな者は常に卑怯なの」ザーリーンが応じました。「でも、この仲間の眠りは二度とじゃまさせない」

その晩、クロースの住まいを女王自らが訪れ、オーグワが入らないようすべての扉《とびら》と窓に女王の印をつけました。そして魔法《まほう》をもっと強力にするべく、ザーリーン女王の印の下に、妖精の印、リルの印、ヌークの印がつけられました。

クロースはふたたび子どもたちにおもちゃを運んでゆき、いっそう多くの小さい子どもたちを幸せにしました。

クロースがエソップの森から逃げたと知って、オーグワの王およびその獰《どう》猛《もう》な一団がどれほど怒ったか、想像できるでしょう。

全員がすごい剣幕《けんまく》でまるまる一週間を過ごし、その後、岩山でまた集会を開きました。

「ヌークが支配する地へ運んでもムダだ」王が言いました。「あいつはヌークに守られている。だからわれわれの山の洞窟《どうくつ》にぶちこもう。そうすればきっと死ぬ」

この案はたちまち賛同を得て、その晩、よこしまな一団はクロースをつかまえに出かけました。しかし、クロースの住まいが不死の者たちの封印《ふういん》に守られているとわかってオーグワたちは困り果て、がっかりして立ち去らなくてはなりませんでした。

「かまわん」王が言いました。「あいつはいつまでも家で寝ているわけじゃない！」

翌日、クロースは平原を越えて村へ向かいました。村に住む足の不自由な少年におもちゃのりすを贈るつもりでした。その途中《とちゅう》で急にオーグワたちに襲《おそ》われ、つかまって山に運び去られました。

オーグワたちは山地に着くとクロースを深い洞窟に押《お》しこみ、脱走《だっそう》できないよういくつもの巨石を転がして入り口をふさぎました。

こうしてわれらがクロースは光と食糧《しょくりょう》を取りあげられ、吸える空気もごくわずかで、実に哀《あわ》れな苦境に陥《おちい》ってしまったのです。でもクロースは、妖精たちの神秘的な言葉を口にしました。口にすればいつでも妖精から親切な助けを得られる言葉です。すると妖精たちがクロースを助けに駆《か》けつけ、瞬《また》く間に笑う谷へ運んでくれました。

かくして、不死の者の友情を得ている者を滅《めっ》することはできないようだとオーグワたちは知りました。そこでクロースが子どもたちに幸せをもたらし、子どもたちの聞き分けをよくすることを阻《はば》む別の手立てがないか、よこしまな一団は探《さぐ》りました。

クロースが手作りのおもちゃを届けに出かけるたびに、その動向を見張る

役目のオーグワが必ず飛びかかり、クロースの手からおもちゃをうばいました。これには子どもたちもがっかりしましたが、わびしい状態で帰らざるを得ないクロースも同じくらい落胆《らくたん》しました。それでも辛抱《しんぼう》強く作業を続け、小さな友人たちのためにたくさんおもちゃを作っては村々に向かいました。すると谷を出たとたん、毎回オーグワが強盗《ごうとう》を働くのです。

オーグワたちは盗んだ遊び道具を自分たちのさびしい洞窟のひとつに放りこみました。それが相当うずたかい山になった頃には、さすがのクロースも元気がなくなり、谷からまったく出ようとしなくなってしまいました。クロースが来てくれないと知ると、今度は子どもたちがクロースの家を訪れるようになりました。しかし、よこしまなオーグワたちがまわりを飛んで迷子《まいご》にしたり小道を曲げたりするので、笑う谷へ行く道を見つけられる子は一人もいませんでした。

クロースにさびしい日々が降りかかりました。いつくしむようになっていた子どもたちに幸せをもたらすという喜びが絶たれたからです。それでもクロースは健気《けなげ》に困難に立ち向かいました。自分を傷つける目的のよこしまな企《たくら》みを、オーグワたちがあきらめる日がきっと来ると考えていたのです。クロースは四六時中おもちゃ作りに打ちこみ、遊び道具がひとつ仕上がるごとに棚《たな》にのせました。そのために作った棚でした。幾重《いくえ》にもおもちゃが並んで棚がいっぱいになると、また棚を作ってその棚も満たしました。じきにたくさんの棚に明るい色合いの美しいおもちゃが並び、おもちゃは馬、犬、猫、象、仔羊《こひつじ》、うさぎ、鹿などをかたどっていて、さまざまな大きさのかわいい人形もあれば、ボールや、粘土を焼いて、明るい色を塗ったビー玉もありました。

こうした子ども向けの宝物がずらりと並ぶさまを見て、クロースはしばしば悲しくなりました。友である子どもたちにおもちゃを運んでゆきたくて仕方ありませんでした。ついにそれ以上堪《た》えられなくなり、思い切って偉大《いだい》なるアークを訪ねることにしました。そしてオーグワたちにいかに苦しめられてきたかを語り、樵《きこり》の長《おさ》に助けを乞《こ》いました。

第7章　善と悪の大戦

アークはクロースの話にいかめしい態度で耳を傾けながら、じっくり考えていることを示す、ゆっくりとした優雅《ゆうが》なしぐさでひげをなでていました。ヌークと妖精が死から救ってくれたとクロースが語ると満足げにうなずき、オーグワが子どもたちのおもちゃを盗《ぬす》んだいきさつを聞くと眉《まゆ》をひそめました。そしてついに口を開きました。

「人間の子どものためにおまえがしている仕事には、はじめから賛成していた。その善い行いがオーグワたちにじゃまされるとは腹立たしい。おまえを襲ったよこしまな者と、われわれ不死の者は縁《えん》もゆかりもない。われわれはずっとオーグワを避けてきた。むこうも会わぬよう気をつけていた。だがこの件では、わが仲間に手出しをしたのだな。これ以上害をなさぬよう頼《たの》んでみよう。おまえはわれわれの保護《ほご》のもとにあるのだから」

クロースは樵の長に心から礼を述べて谷に戻りました。一方、いつでも約束をすぐに実行に移すアークはただちにオーグワの山へ向かいました。

山でアークは岩場に立ち、王と民に姿を現わすよう呼びかけました。たちまちその場に、苦りきった顔のオーグワが大勢現われ、オーグワの王は岩の突端《とったん》に立って、たけだけしく詰問《きつもん》しました。

「誰だ、呼んだのは？」

「世界の樵の長だ」アークは応じました。

「ここにはおまえのものにできる森はない」王は怒鳴《どな》りました。「おまえにも、ほかのいかなる不死の者にも、われわれは忠誠を誓《ちか》っていない」

「そのとおり」アークは冷静に答えました。「だがクロースに手出しをしたな。クロースは笑う谷に住み、われわれの保護のもとにある」

　この発言を聞いて大勢のオーグワたちが何やらぼそぼそつぶやきだし、王はおどすようにアークに暴言を吐《は》きました。

「おまえは森を治めることになっているが、平原と谷はわれわれのものだ！」王は叫びました。「自分の暗い森にいろ！　こっちはクロースを好きなようにする」

「われらが友には一切触《いっさいふ》れさせない」アークは答えました。

「それはどうかな？」王が生意気に言いました。「見てろよ！　われわれは人間よりはるかに強く、不死の者並みにすごいのだ」

「その思い上がりがおまえに道を誤らせている！」アークが厳しく言いました。「おまえたちは、はかない種族だ。生から無へ移ろう。永遠に生きるわれわれはおまえたちを憐《あわ》れみ、軽蔑《けいべつ》している。おまえたちは地上では嫌《きら》われ者だし、天国に居場所はない！　人間だって地上の命を終えれば別の存在になり、その後は永遠にそのままだ。おまえたちに優《まさ》る者たちも死なない。なのに、いったいどうして人間でも不死でもないおまえが、あえてわたしの願いに逆らうのだ？」

オーグワたちがぱっと立ちあがり脅《おど》かすような身振りをしましたが、王が戻れと手で止めました。

「これまで一度も」王は怒《いか》りに声を震わせ、アークに向かってわめきました。「不死の者がオーグワの支配者だなどと宣言したことはない！　もう二度と、不死の者に口出しはさせん！　われわれを見下す言葉に復讐《ふくしゅう》すべく、おまえの仲間クロースを三日以内に殺す。おまえも、ほかの不死の者の誰も、われわれの憤《いきどお》りからクロースを救えはしない。おまえの力がなんだ！　失《う》せろ、世界の樵の長！　オーグワの国におまえの居場所はない」

「戦争だ！」アークは怒りに目をぎらりと光らせて、宣言しました。

「戦争だ！」王は荒荒しく応じました。

「三日以内にお仲間は死ぬからな」長は背を向けてバージーの森に戻り、不死の者たちを招集して会合を開き、オーグワたちの反抗《はんこう》および三日以内にクロースを殺すという意図について話しました。

小妖精たちは長の話に静かに耳を傾けました。

「どうしようか？」アークが尋ねました。

「その生きものたちは世界にとって何の益にもならない」ヌークの王子が言いました。「滅ぼさなくては」

「あの者たちは生きているかぎり、邪悪なことしかしない」リルの王子が言いました。「滅ぼさなくては」

「あの者たちは良心がなく、すべての人間を自分たち並みによこしまにしようと努めています」妖精の女王が言いました。「滅ぼさなくては」

「あの者たちは偉大なるアークをないがしろにして、わたしたちが育てた子の命を脅《おびや》かしています」うるわしいザーリーン女王が言いました。「滅ぼさなくては」

樵の長はほほえみました。

「よく言った」長は言いました。「知ってのとおりオーグワは強い種族だし、命がけで戦うだろう。だが決着はついている。なぜならわれわれは生きながらえて、たとえ敵に征服《せいふく》されても、決して死ぬことはない。一方、オーグワが一人倒《たお》れるということは、われわれにとって、向かってくる敵が一人減るということだ。さあ、戦う準備にかかれ。よこしまな者に慈悲《じひ》は一切示さぬぞ！」

かくして、今日にいたるまでおとぎの国で語り伝えられている恐《おそ》ろしい戦争が、不死の者たちと邪悪の霊《れい》たちのあいだで勃発《ぼっぱつ》したのです。

オーグワの王とその一団は、クロースを殺すという脅しを実行する決意を固めました。いまやオーグワにはクロースを忌《い》み嫌う理由がふたつありました。クロースは子どもたちを喜ばせるし、樵の長の仲間でもあるのです。しかしアークが訪《おとず》れて以来、オーグワが不死の者たちの抵抗を恐れるのは無理もなく、負かされるのではないかと危《あや》ぶんでいました。そこで、王は世界各地に迅速《じんそく》な伝令を遣わして、すべてのよこしまな生きものに加勢を請《こ》いました。

そして宣戦布告から三日目、オーグワの王の指揮のもとに強力な軍が集まりました。アジアのドラゴン三百頭は火を吹き、その火は触れるものをすべて焼きつくします。ドラゴンは人間およびすべての善き精霊が大嫌いでした。タタリーの三つ目の巨人もいました。その数は大勢で、何よりも戦闘が好きなのです。次はパタロニアの黒い悪魔たちで、コウモリのような大きく広がる翼《つばさ》があり、翼が空気をうつたびに世界じゅうに恐怖《きょうふ》とみじめさを広めます。グーズルゴブリンも参加していて、彼らは剣《けん》のように鋭《するど》い、長いかぎ爪《づめ》で敵の肉をかき削《そ》いでゆくのです。最後に、不死の者たちとの大戦に加わるべく、

世界じゅうの山々のオーグワが勢ぞろいしていました。

オーグワの王は大軍を見渡し、よこしまな誇《ほこ》りで心臓が高鳴りました。おとなしい敵に勝てると確信していました。敵たちは一度も戦ったことがないのです。しかし樵の長は安穏《あんのん》と過ごしていたわけではありません。戦争に慣れている民は一人もいませんでしたが、よこしまな大軍に対峙《たいじ》するよう求められたいま、大戦に対する準備を着々と進めていたのです。

アークはみなに笑う谷に集まるよう命じていました。谷ではクロースが、自分のためにすさまじい戦いがはじまるとは露知《つゆし》らず静かにおもちゃを作っていました。

まもなく丘《おか》から丘まで、谷全体が小さな不死の者たちに埋《う》めつくされました。先頭には樵の長が立ち、みがかれた銀のようにかがやくぴかぴかの斧《おの》を手にしていました。次はリルで、キイチゴの灌木《かんぼく》の鋭いトゲで武装していました。次はヌークが槍《やり》をたずさえていました。獰猛な獣をつついてしたがわせるほかないときに使うものです。妖精は白いゴーズをまとい、翼は虹色《にじいろ》で、金色の杖《つえ》を手にしていました。森のニンフたちは、オークの葉の緑色のお揃《そろ》いの衣をまとい、トネリコの木で作ったムチを武器として持っていました。

オーグワの王は敵軍の背恰好と武器を目にして大声で笑いました。たしかに樵の力強い斧は恐るべきものですが、かわいらしい顔をしたニンフやきれいな妖精、おだやかなリルや体の曲がったヌークたちはなんとも無害な手合いで、それに対抗すべくかくも恐ろしい大軍を呼び集めたことがいささか恥《は》ずかしくなるくらいでした。

「この愚《おろ》か者どもが無謀《むぼう》にも戦うのだから」タタリーの巨人のリーダーに王は言いました。「邪悪な力で圧倒《あっとう》してやる」

火蓋《ひぶた》を切るべく王が左手で大きな石をかまえ、樵の長のがっしりした体に向けて力いっぱい放ると、樵の長は斧で払《はら》いました。続いて猛烈な勢いで、タタリーの三つ目の巨人たちがヌークに、グーズルゴブリンたちがリルに、炎《ほのお》を吐くドラゴンたちがかわいらしい妖精に襲いかかりました。オーグワの一団はアーク自身の民であるニンフを捜《さが》し出しました。たやすく倒せると考えていたのです。

しかし、阻むもののない悪がすさまじい行為《こうい》をなしとげうる一方で、善の勢力は悪と対立しても決して征服されない、というのが決まりです。オーグワの王がこの法則を知っていれば、身のためになったのですが！

王の命がその無知の代償《だいしょう》となりました。世界の樵の長の手にする斧が一度きらりと光り、よこしまな王を真っぷたつにして、地上で一番不道徳な生きものを無くしたからです。

タタリーの巨人が大いに感心したことに、小さなヌークの槍が自分たちの厚い肉の壁《かべ》を突きとおし、巨人たちは苦痛でわめき、地べたを転げまわる羽目になりました。

鋭いかぎ爪を持つゴブリンに災《わざわ》いが降りかかったのは、リルのたずさえるトゲがゴブリンたちの残忍《ざんにん》な心臓に達し、平原一面にゴブリンの生き血をまいたときでした。のちに血の一滴《てき》一滴からアザミが一輪ずつ生えました。

ドラゴンたちは妖精の魔法の杖の前で茫然《ぼうぜん》と立ちつくしていました。杖から噴《ふ》きでる力によって、自分が吐きだす火が逆流して体にかかり、自分がじわじわ縮んで死んでしまうからです。

オーグワに関して言えば、自分たちがいかにして滅ぼされてゆくのか気がつく暇もないくらいでした。ニンフが手にしているトネリコの鞭《むち》にはオーグワの誰も知らない魔力が備わっていて、少しでも触れると敵を土くれに変えるのです！

アークがかがやく斧に寄りかかって戦場のほうを見渡すと、走れるほんの数名の巨人がタタリーへ戻ろうと遠い丘を越えて消えていくさまが見えました。ゴブリンは全滅《ぜんめつ》していました。恐ろしいドラゴンも同様です。一方、よこしまなオーグワの残骸《ざんがい》と言えば、平原に点在している、土が盛り上がった、たくさんの小さな丘だけでした。

さて、不死の者たちは夜明けの露のように谷から姿を消し、森の仕事に戻ってゆきました。アークは物思いにふけりながらクロースの家までゆっくりと歩き、なかに入りました。

「子どもたちのためにおもちゃをたくさん用意しているな」樵は言いました。「これからはこのおもちゃを持って、恐れることなく平原をわたり、いろいろな住まいや村へ行けるぞ」

「オーグワが襲ってきませんか？」クロースが勢いこんで尋ねました。

「オーグワは」アークは言いました。「滅びた！」

さて、よこしまな霊や戦闘や流血の話は、これでめでたくおしまいです。オーグワとその仲間たちについて、そして彼らと不死の者たちとの大戦について語ったのは、好んでしたことではありません。オーグワはこの伝記の一部で、避けるわけにはいかなかったのです。

第8章　「トナカイ」との最初の旅

長らくおもちゃを待ちわびていた子どもたちに、積み上げていたおもちゃの山を運んでいった日々はクロースにとって実に幸福でした。谷に閉じこめられていたあいだ、せっせと手を動かしたので、どの棚も遊び道具がぎっしり並んでいましたから、すぐに近所の子どもたちにおもちゃを与えると、もっと広く旅をしなければならないことがわかりました。

クロースはアークと世界じゅうをめぐったときのことを覚えていたので、子どもがどこにでもいることを知っていて、なるべく多くの子を贈り物で喜ばせたいと願っていました。

そこで大きな袋《ふくろ》に各種のおもちゃを詰めこんで運びやすいよう背負うと、これまで試みたことのないほど遠くへ旅に出ました。

クロースが明るい顔を見せると、どこであれ、小さな村でも農家でもあたたかく迎《むか》えられました。クロースの令名がはるか彼方《かなた》の国まで届いていたのです。どの村でも子どもが群がり、クロースの行くところどこにでもついて歩きました。女性は子どもたちにクロースがもたらした喜びに厚く礼を述べ、男性はクロースを物珍《ものめずら》しげにながめました。おもちゃ作りなんて風変りな仕事にかかりきりになるなんてと思っていたのです。でも誰しもがほほえみかけ、やさしい言葉をかけてくれて、クロースは長旅の甲斐《かい》があったと感じていました。

袋が空っぽになるとクロースは笑う谷に戻り、再び袋を満たしました。今度は別の道をたどって別の地域へ出向き、それまで自分のおもちゃを持っていなかった子、こんなに愉快《ゆかい》な遊び道具があるなんて想像もしていなかった大勢の子どもに幸せを運んでゆきました。

三度目の旅では何日もかけて歩いていかねばならないほど、遠くまで行き、戻るとおもちゃの蓄《たくわ》えが尽《つ》き、ただちに蓄えをまた作りはじめました。

大勢の子どもたちに会い、その好みをじっくりながめた結果、クロースにはおもちゃに関していくつか新しい案が浮かんでいました。

赤ちゃんや女の子にとって、すべての遊び道具のなかで一番うれしいのはお人形さんでした。「お人形さん《ドーリー》」とまだちゃんと言えもしない子が、たどたどしい赤ちゃん言葉で「ドール」を求めます。そこで人形をたくさん作ることにしました。さまざまな大きさにして、明るい色の服を着せるのです。

年長の少年たちは——そして一部の少女も——動物をかたどった像が大好きだったので、クロースはやはり猫、象、馬を作りつづけました。それに少年の多くは音楽が好きで、太鼓《たいこ》、シンバル、笛、ラッパを欲《ほ》しがりました。だからクロースはおもちゃの太鼓もたくさん作りました。太鼓をたたく小さなバチも作り、柳《やなぎ》の木で笛を作り、沼地《ぬまち》の葦《あし》でラッパを作り、打ち延ばした金属板でシンバルを作りました。

クロースはせっせと作業に打ちこみ、気がつけば冬が来ていて、例年よりも雪が深く降り積もり、重い荷を持って谷から出かけることは無理だとわかりました。しかも次の旅ではいままでよりも遠くへ行くうえ、霜《しも》の王さまフロスト・キングが治めている時季に長旅を試みれば、いたずら好きなジャック・フロストがクロースの鼻も耳もつねるでしょう。フロスト・キングはジャック・フロストの父親で、息子のいたずらをまったく責めないのです。

そういうわけでクロースはあいかわらず作業台に向かって日々すごしましたが、あいかわらず陽気に口笛を吹き、歌を歌いました。なぜなら、がっかりすることが起きても、そのせいで機嫌《きげん》を悪くしたり、悲しんだりしないことにしていたからです。

ある晴れた朝、窓の外を見ると、森で顔なじみだった鹿《しか》のうち二頭が、クロースの家に向かっていました。

クロースが驚いたのは親切な鹿が訪ねてくれたからではなく、二頭が硬い地面を歩くかのように雪の上を楽々と歩いていたからです。谷じゅうに雪が何フィートも積もっていても二頭には関係ないのです。一日、二日前にクロースが外へ出たときは、わきの下まで雪の吹きだまりに沈《しず》みこんでいました。だから鹿が近くまで来ると、クロースはドアを開けて呼びかけました。

「おはよう、フロッシー！　教えて。どうして雪の上をそんなに楽に歩けるの？」

「かちかちに凍《こお》っているのよ」鹿のフロッシーは答えました。

「フロスト・キングが息を吹きかけたんだよ」鹿のグロッシーがそばに来て言いました。「だから表面が氷みたいに硬くなってるんだ」

「もしかしたら」クロースが考え考え言いました。「いまならおもちゃの包みを子どもたちのところへ運んでゆけるかな」

「長い旅？」フロッシーが尋ねました。

「ああ。何日も何日もかかる。荷物が重いから」クロースは答えました。

「じゃあ戻ってくる前に雪がとけちゃうわ」鹿は言いました。「春まで待たなきゃだめよ、クロース」

クロースはため息をつきました。「ぼくにその駿足《しゅんそく》さえあればなあ」クロースは言いました。「日帰りだってできるのに」

「でも、この駿足はないんだから」グロッシーはそう返して、すらりとした足に誇《ほこ》らしげに目をやりました。

「ひょっとしてぼくを背中に乗せてもらえるかな」しばしの沈黙《ちんもく》のあと、クロースは思い切って言ってみました。

「それはダメよ。あなたを乗せられるほど背中が強くないから」フロッシーがきっぱりと言いました。「でもそりがあって、引き具でわたしたちをつなぐことができたら、あなたのことは楽に引けるし、荷物だって引けるかも」

「そりを作るよ！」クロースが叫びました。「作ったら、ぼくも引いてくれる？」

「ええと」フロッシーが答えました。「まずヌークのところへ行って、やってもいいかどうか訊かないと。守護者の許可を得なきゃ。でも、もしもやっていいと言われて、あなたがそりと引き具を作れたら、喜んで手伝うわ」

「じゃあ、いますぐ行ってきて！」クロースがやる気満々で叫びました。

「親切なヌークはきっといいって言うよ。戻るまでに、引き具でそりにつなげられるよう、準備をしておく」

フロッシーとグロッシーはたいそう知的な鹿で、広い世界を見たいと前々から思っていたので、クロースを引いて旅に同行してもいいかどうかヌークに訊きに、喜び勇んで凍った雪の上を駆けていきました。

一方おもちゃの職人は、山と積んである材木を使って、大急ぎでそりの組み立てにかかりました。先端《せんたん》が上向きにカーブしている、二本の長いスキーを作り、二本のあいだに短い板を何枚かわたして釘《くぎ》を打ちこみ、台を作りました。まもなく完成しましたが、これ以上無骨なそりはなかろうというくらい無骨なそりでした。

引き具のほうが準備はむずかしく、クロースはしっかりした綱《つな》をねじりあわせてむすび、鹿たちの首にあうよう首輪の形にしました。その綱にまた何本か綱をつけてあって、鹿をそりの前方につなぐのです。

作業が終わる前にグロッシーとフロッシーが森から戻ってきました。クロースと旅に出る許しをウィル・ヌークから得たのです。次の日の夜明けまでにバージーに戻ること、という条件がついていました。

「あまり時間がないのよ」フロッシーが言いました。「でもわたしたちは足が速いし、体力があるから、晩までに出発できれば夜のうちに何マイルも進める」

クロースはやってみることにしました。そこで大急ぎでさまざまな支度《したく》を

しました。しばらくすると「馬たち」に首輪をつけ、無骨なそりに引き具でつなげました。それから座席となるようせまい台にスツールを置き、一番かわいらしいおもちゃを袋いっぱいに詰めこみました。

「どうやって指示を出すつもり？」グロッシーが尋ねました。「ぼくらは森から出たことがないんだよ。君の家を訪ねるとき以外。だから道がわからない」

クロースはしばらく思案しました。その後綱をさらに持ってきて、二頭の鹿の広がって伸《の》びている角に綱を二本つなげました。一本を右に。一本を左に。

「これが手綱《たづな》だ」クロースは言いました「右か左へ引いたら、そちらへ行かなきゃいけないよ。ぜんぜん引かなかったら、まっすぐ進んでいい」

「わかった」グロッシーとフロッシーは答え、それから尋ねました。「準備はいい？」

クロースはスツールに腰かけ、足元におもちゃの入った袋を置き、手綱をたばねて持ちました。

「準備完了！」クロースは叫びました。「さあ出かけよう！」

鹿が身を乗り出し、ほっそりした足を持ちあげると次の瞬間《しゅんかん》そりは凍った雪の上を駆けぬけていました。その俊敏《しゅんびん》な動きにクロースは驚きました。なぜかと言うと、たった数歩で谷をわたったかと思うと、すぐにその向こうの広大な平原を滑走《かっそう》していたのです。

出発したとき、すでに昼間は夕暮れにとけていました。クロースはてきぱきと仕事を進めたのですが、それでも何時間も準備にかけざるを得ませんでした。しかし、月が明るく行く手を照らしてくれて、夜の旅は昼間の旅と同じくらい楽しいという結論にクロースはまもなく達しました。

鹿たちは夜のほうが気に入りました。世界をいくらか見たいと願いながらも人間に会うことについては内気でしたが、この時刻なら都会の人も農家で暮らす人もみんなぐっすり眠っていて、姿を見られることはありません。

遠く、もっと遠くへ二頭は進み、いくつもの丘と谷と平原を越《こ》え、クロースがそれまで行ったことのない村に到達《とうたつ》しました。

クロースは停《と》まるよう呼びかけ、鹿はただちにしたがいました。でも新たな問題が生じました。人々が寝る前に玄関《げんかん》に鍵《かぎ》をかけていたため、クロースが家に入っておもちゃを置いてゆくことができないとわかったのです。

「残念だけど無駄足《むだあし》になりそうだ」クロースは言いました。「この村の子どもたちに遊び道具をわたさないまま、持って帰らなきゃいけない」

「どうしたの？」フロッシーが尋ねました。

「ドアに鍵がかかっている」クロースは答えました。「だから入れない」

グロッシーがぐるりと家々を見回しました。この村では雪がたいそう積もっていて、すぐそこ、そりからほんの数メートルの高さに屋根が見えました。

屋根のてっぺんに太い煙突《えんとつ》があって、グロッシーには、クロースが入れそうな大きさに見えました。

「あの煙突から降りていけば？」グロッシーが尋ねました。

クロースは屋根に目を向けました。

「あの屋根の上にいれば、簡単だね」とクロースは答えました。

「じゃあ、しっかりつかまって。いま連れてゆくから」鹿は言い、二頭がひと跳《と》びして屋根まで上がり、大きな煙突の横に降り立ちました。

「よし！」クロースは大満足して叫び、おもちゃの包みを背負って煙突に入ってゆきました。

煉瓦《れんが》は煤《すす》まみれでしたが、クロースはそれにはかまわず、煙突の側面に手と膝《ひざ》を当てて下へゆっくりと降りてゆき、ついに暖炉まで着きました。くすぶっている燠《おき》をひょいと飛びこえると、そこは広い居間で灯火が薄暗《うすぐら》く灯《とも》っていました。

部屋には二つ出入り口があり、さらに小さい部屋へ続いていました。ひと部屋には女性が眠り、かたわらのベビーベッドに赤《あか》ん坊《ぼう》がいました。

クロースは笑顔《えがお》になりましたが、赤ん坊を起こさないよう、声は出しませんでした。そして荷物から大きな人形を引きぬいてベビーベッドに横たえました。すると赤ちゃんがにっこりしました。明日になれば見つけるきれいな遊び道具の夢を見ているかのようでした。クロースはそっと部屋から出ると、もう一つの出入り口を通ってゆきました。

そちらには少年が二人いました。互《たが》いの首に腕をまわしてぐっすり眠っています。クロースは二人を一瞬やさしく見つめ、太鼓をひとつ、ラッパをふたつ、そして木の象をベッドに乗せました。

この家での仕事を終えるとクロースはぐずぐずせずに今度は煙突をのぼり、そりに乗りこんで席に戻りました。

「また煙突を探せる?」二頭に尋ねました。

「お安いご用」グロッシーとフロッシーは答えました。

二頭は屋根のへりまで駆けると、ためらうことなく空中に跳び、隣《となり》の建物の屋根へ移りました。屋根にたいへん大きい、昔ながらの煙突が立っていました。

「今度はさっきみたいにゆっくりしないでね」フロッシーが呼びかけました。「さもないと絶対夜明けまでに森に帰れないから」

クロースはこの煙突もやはり降りて、家に子どもが五人眠っているのを見つけました。すぐに全員におもちゃが贈《おく》られました。

クロースが戻ると鹿たちは次の屋根まで一躍《いちやく》しましたが、クロースが煙突から降りてみると、家に子どもが一人もいないことがわかりました。でもそれはこの村ではまれなことで、子どもがいないわびしい家庭を訪れて無駄にした時間は意外に少なくて済みました。

村じゅうの家の煙突を降り、眠っている子どもたち全員のそばにおもちゃを置いてきたクロースは、大きな袋がまだ半分も空いていないことを知りました。

「進め、友たち！」クロースは鹿に声をかけました。「次の村を探さなくては」

そこで、すでに真夜中をだいぶ過ぎていたにもかかわらず、突き進んでゆきました。すると驚くほど早く大都会に到《いた》りました。クロースがおもちゃ作りをはじめて以来訪ねたなかで一番大きい都会でした。でも、クロースは家の多さに少しもひるまずにただちに仕事にかかり、美しい「馬たち」は屋根から屋根へクロースを素早《すばや》く運んでゆきました。敏捷《びんしょう》な鹿の跳躍力《ちょうやくりょく》がおよばなかったのは一番高い屋根だけでした。

ようやくおもちゃの蓄えが尽きるとクロースはそりに乗りこんですわり、空っぽの袋を足元に置き、グロッシーとフロッシーの頭を帰る方角へ向けました。

まもなくフロッシーが尋ねました。

「空のあの灰色の筋は何？」

「夜明けが近いんだ」クロースは答え、もうそんな時間だと知ってはっとしました。

「たいへんだ！」グロッシーが叫びました。「じゃあ夜明けまでに帰れない。ヌークがぼくらにお仕置きをして、二度と来させてもらえなくなる」

「笑う谷へ、全力で急がなきゃ」フロッシーが応じました。「しっかりつかまっていて、クロース！」

クロースはしっかりつかまりました。次の瞬間ぐんぐん速度があがり、過ぎてゆく木々が見えないほどの速さで雪の上を進んでいました。丘を登り、谷を下って、弓から放たれた矢のような速さで突進《とっしん》し、クロースは風が目に入らないよう目をつぶり、進み方は鹿たちに任せました。

クロースにとって虚空《こくう》を突進しているのかと思うほどでしたが、ちっとも怖くありませんでした。ヌークたちは厳しい主人なのでなんとしてでも言い付けを守らなくてはなりませんし、空の灰色の筋は、刻一刻、明るんでいるのです。

ついにそりが急停止し、クロースは不意を突かれて席から転げ落ち、雪の吹きだまりにはまってしまいました。起きあがるとき、鹿たちが叫んでいるのが聞こえました。

「早く、友よ、急いで！　引き具を切って！」

クロースはナイフを抜《ぬ》いて綱をさっと裁《た》ち切りました。そして目から水気をぬぐい、あたりを見回しました。

そりは笑う谷で停まっていました。クロースの家の玄関からわずか数フィートの場所でした。東では夜が明けそめていて、バージーの端に目を向けると、ちょうど森のなかにグロッシーとフロッシーが入って消えていきました。

第9章「サンタクロース！」

翌朝、子どもたちの目が覚めてベッドの脇《わき》にあるおもちゃを見つけても、誰一人としておもちゃがどこから来たのかを知ることはないだろう。そうクロースは考えていました。しかし、親切な行いは名声をもたらすもので、名声にはたくさんの翼があり、はるか遠方まで便りを運んでゆきます。ですから四方八方、何マイルも先まで、クロースについて、そしてクロースが子どもたちに与《あた》えた数々の贈り物について人々は噂《うわさ》をしていました。自分勝手な幾人かはクロースの心やさしい気前のよさを嘲笑《あざわら》いましたが、その人々ですらクロースに敬意を抱いていることは認めざるを得ませんでした。同類の幼なくて無力な者を楽しませることに人生を喜んでささげるほど温和な男なのです。

ですからすべての都会と村の住人はクロースがいつ訪れるかと待ちかねて、子どもたちにクロースの美しいおもちゃについて驚くべき話を聞かせ、楽しみに待っていられるようにしていました。クロースが鹿とはじめて家々を訪れた翌朝、子どもたちがかわいいおもちゃを見つけて手に取り、親のもとに走っていって、これはどこから来たのかと尋ねると、答えはひとつに決まっていました。

「すばらしいクロースが来てくれたんだろうよ。世界にあるおもちゃと言ったら、クロースのしかないんだから！」

「でもどうやってここに入ってきたの？」子どもたちは尋ねました。

これには父親も首をかしげました。クロースがどうやって家に入ったのか、父親たちもわかっていませんでした。しかし母親たちはかわいい子どもの喜ぶ姿を見て、ささやきあいました。善良なるクロースは生身の人間じゃなくて、きっと聖人《セイント》なのよ、と。そしてクロースが子どもに与えてくれた幸せゆえに、クロースに心から感謝しました。

「聖人は」母親の一人が頭《こうべ》を垂れて言いました。「あたしたちの家に入ろうと思ったら、わざわざドアの錠《じょう》を開けなくていいんだもの」

その後、子どもが悪さをしたり、言うことを聞かなかったりすると、母親はこう言いました。

「善良で聖《サンタ》なるクロースに許してくださいってお祈りしなさい。サンタクロースは悪い子たちのことは嫌いだから、反省しないと、もうかわいいおもちゃを持ってきてくれないわよ」

しかしサンタクロース自身はこの発言に賛成しなかったでしょう。子どもたちにおもちゃを持ってくるのは子どもたちが幼く、無力で、子どもたちのことが大好きだからでした。最高にいい子たちもときには悪い子になり、わんぱくな子たちがしばしばいい子であることをサンタクロースは知っていました。世界じゅうで子どもはそういうもので、サンタクロースはたとえその性質を変える力を持っていたとしても、変えることはしなかったでしょう。

かくしてわれらがクロースは、サンタクロースになりました。人は誰でも善い行いを重ねることによって、人々の心のなかで聖人として謳《うた》われることが可能なのです。

第10章 クリスマスイブ

グロッシーとフロッシーと出かけた夜の旅から戻《もど》ってきたときに明けそめていた一日はクロースに新たな問題をもたらしました。鹿守《しかもり》の頭《かしら》ウィル・ヌークが不機嫌で気難しい様子でクロースのもとを訪れました。クロースが命令に逆らい、夜明けすぎまでグロッシーとフロッシーを引きとめたと文句を言うためです。

「でも、それほど過ぎていなかったはず」クロースは言いました。

「一分過ぎていた」ウィル・ヌークが答えました。「一時間遅《おく》れたも同然だ。どんどん刺すブヨにグロッシーとフロッシーを襲わせる。言うことを聞かなかったのだから、ものすごく痛い目にあわせねば」

「やめて！」クロースは乞いました。「ぼくのせいなんだ」

しかしウィル・ヌークは弁明には一切耳を貸さず、いつもの気難しい態度でぶつくさ言ったり、うなったりしながら去ってゆきました。

このためクロースは善良な鹿たちを罰から救うべく、ニシルに相談をしに森へ行きました。うれしいことに長年の友である樵の長がニンフの輪のなかにすわっていました。

アークはクロースの話に耳を傾《かたむ》け、夜に出かけて子どもたちの家を回ったこと、凍った雪の上で鹿たちがそりを引いて大いに助けてくれたことを聞きました。

「ぼくにできるものなら、友だちを罰から救いたいんです」おもちゃ職人は話し終えてからつけ加えました。「遅れたのはたった一分で、夜明け前に帰ろうとして、鳥が飛ぶよりも早く走ったんです」

束《つか》の間《ま》アークは思案顔でひげをなでていました。やがてヌークの王子を呼びにやりました。バージーに暮らすヌーク全員を治めている王子です。妖精《ようせい》の女王とリルの王子も呼びにやりました。

みんながそろうと、クロースはアークの命にしたがってふたたびこの件について話しました。その後、長はヌークの王子に語りかけました。

「人類のなかでクロースが行っているよい仕事は、すべての親切な不死の者の支援を得てしかるべきだ。すでにいくつかの町でクロースは聖人と呼ばれている。近いうちに、子どもに恵まれているすべての家庭でサンタクロースという名は愛され知られることになるだろう。そのうえクロースはわれらが森の息子《むすこ》の一人で、はげまして当然だ。ヌークを治める者よ、もう何年も前からクロースを知っているな。われわれの友情を与えてしかるべきだとわたしが言うのを正しいとは思わないか？」

あらゆるヌーク同様、体が曲がっていて、ぶすっとした顔つきをしている王子は、足元の枯《か》れ葉にひたすら目を向けたまま、つぶやきました。「世界の樵の長はあなたです！」

アークは笑《え》みを浮かべながらもおだやかな口調で続けました。「君の民《たみ》が守っている鹿が大いにクロースの役に立つらしい。どうやら鹿もクロースのそりを引く気があるようだ。だからどうかクロースの望むときに鹿に働いてもらえるようにしてほしい」

王子は答えませんでしたが、じっくり考えているかのように手にしている槍でサンダルのくるりと上を向いている先をトントンとたたきました。

するとと王子に妖精の女王がこう語りかけました。「もしもアークの要請に応じたら、鹿が森を離《はな》れているあいだ、何の危害も及《およ》ばないようにしましょう」

リルの王子はつけ加えました。「ぼくとしては、クロースの仕事を手伝うすべての鹿に次の特権を与えましょう。力をもたらす植物カーサを食べていいし、駿足になる植物グロールも食べていいし、長寿《ちょうじゅ》となる植物マーボンも食べてよい、と」

さらにニンフの女王が言いました。「クロースのそりを引く鹿には、森のネアーズの池で水浴びすることを許しましょう。そうすれば毛はつややかになり、見事に美しい鹿になります」

これらの約束を聞いてヌークの王子は落ち着かない様子で尻《しり》をもぞもぞさせていました。事実いまは破格の頼みごとをされていて、ヌークたちはいかなる類《たぐい》の親切をほどこすことにも不慣れときています。とはいえ、不死の仲間の要請を断ることは、内心、嫌《いや》でたまりませんでした。ついに王子は自分のしもべたちのほうを向いて言いました。

「ウィル・ヌークを呼べ」

不機嫌なウィルがやって来て、不死の者たちの要求を聞き、これをかなえることに声高に反対しました。

「鹿は鹿です」ウィルは言いました。「鹿以外のものじゃありません。もしも馬だったら、馬のように引き具をつけてもいいでしょう。でも誰も鹿に引き具をつけやしません。鹿は自由な野生の生きもので、人類に対して務めは何も負っていないからです。クロースのために働くことは、あたしの鹿をおとしめます。クロースはただの人間です。たとえ不死の者が惜《お》しみなく友情をかけていようとも」

「お聞きになりましたでしょう」王子がアークに言いました。「ウィルの言うことには一理あります」

「グロッシーとフロッシーを呼べ」アークは応じました。

話しあいに鹿たちが連れてこられ、アークは尋《たず》ねました。クロースのためにそりを引くことに異論はあるか、と。

「ありません！」グロッシーが答えました。「とても楽しい旅でした」

「夜明け前に帰ろうと一生懸命《けんめい》がんばったんです」フロッシーがつけ加えました。「でも残念ながら一分遅れてしまいました」

「夜明けに一分遅れるなぞ問題ない」アークが言いました。「その遅刻《ちこく》については許そう」

「もう二度と遅れないという条件で」ヌークの王子がいかめしく言いました。

「ええと、この先、二頭はまたぼくと旅をしてもいいでしょうか？」クロースが勢いこんで尋ねました。

王子はしばらく考えながら、にらんでいるウィルをながめて、ほほえんでいる樵の長もながめました。

やがて王子は立ちあがり、一同に語りかけました。

「みなさんがこの恩恵《おんけい》を与えるようにとお求めなので、年に一度、クリスマスイブに鹿がクロースと一緒《いっしょ》に旅に出ることを許します。ただし、夜明け前に必ずこの森に戻るという条件つきで。そしてそりを引くためにクロースは十頭までなら何頭でも選べることとし、選んだ鹿をほかと区別するために、われわれのあいだでは馴鹿《トナカイ》と呼ぶことにしましょう。トナカイはネアーズの池で水浴びができて、植物のカーサとグロールとマーボンを食べることができて、妖精の女王の特別の加護を受けます。さあ、ウィル・ヌーク、にらむのをやめなさい。わたしの言葉は絶対だ！」

木々のあいだを王子がぶかっこうに素早く立ち去っていったのは、クロースから礼を言われたり、不死の者たちに称《たた》えられたりするのが嫌だったからで、ウィルはあいかわらずの仏頂面《ぶっちょうづら》で王子についてゆきました。

しかしアークは満足していました。どんなにしぶしぶ約束したことであれ、王子の約束は信頼《しんらい》できると知っていたからです。そしてグロッシーとフロッシーは走ってうちに帰る道、ひと足進むごとにうれしそうに後ろ足を蹴《け》り上げました。

「クリスマスイブはいつですか？」クロースが長に尋ねました。

「あと十日くらいだ」長が答えました。

「ならば今年は鹿を使えません」クロースが何か思案しているふうに言いました。「袋をいっぱいにするおもちゃを作る時間がないので」

「王子は抜け目がないから、それを見越していた」アークは応じました。

「それでおまえが鹿を使っていい日をクリスマスイブにした。そうすればまるまる一年逃《のが》すと知ってのことだ」

「オーグワに盗まれたおもちゃさえあれば」クロースが悲しそうに言いました。「子どもたちのために楽々袋をいっぱいにできるのに」

「どこにあるんだ？」長が尋ねました。

「わからないんです」クロースは答えました。「でもよこしまなオーグワたちはたぶん山に隠《かく》しています」

アークは妖精の女王のほうを向きました。

「見つけられるか？」アークは尋ねました。

「やってみます」女王はほがらかに言いました。

それからクロースは笑う谷に帰りました。精一杯《せいいっぱい》、仕事に打ちこむためです。そしてオーグワが出没《しゅつぼつ》していた山には妖精の一団がただちに飛んで、盗《ぬす》まれたおもちゃの捜索《そうさく》に取りかかりました。

よく知られているとおり、妖精にはすばらしい力がありますが、狡猾《こうかつ》なオーグワたちはおもちゃを深い洞窟《どうくつ》に隠し、その口を岩でふさいでいたので誰《だれ》ものぞきこむことができませんでした。それゆえ行方《ゆくえ》不明の遊び道具を探すあらゆる捜索は数日にわたって徒労となり、妖精から連絡《れんらく》が来るのを家で待っていたクロースは、クリスマスイブ前におもちゃが戻ることはほとんどあきらめていました。

クロースは寸暇《すんか》を惜しんで懸命に作業しましたが、おもちゃを一つひとつ彫《ほ》りだし、形を整え、きちんと色を塗《ぬ》るまでにずいぶん時間がかかるため、クリスマスイブ直前の朝までに子どもたちに用意できたおもちゃは、窓の上の小さな棚《たな》の半分しかありませんでした。

でもその朝、山を捜索していた妖精たちが、あることを思いつきました。手をつないで横一列に並んで、山を形づくる岩々を突《つ》き抜けていったのです。かがやく瞳《ひとみ》がどこも見落とさないよう、てっぺんの頂きからだんだんと降りていきました。そしてついによこしまなオーグワたちがおもちゃを山積みしていた洞窟を見つけました。

洞窟の入り口を破るのにさほど時間はかからず、その後は妖精一人ひとりが運べるかぎりのおもちゃを持って、全員がクロースのもとへ飛んでゆき、目の前に大切な品々を並べました。

そりに積みこむおもちゃをちょうどよいときに大量に受けとることができ、クロースは歓喜《かんき》しました。そして日暮れに出発する支度を整えておくようグロッシーとフロッシーあてに言伝《ことづて》を頼《たの》みました。

前回の旅以降、クロースはいろいろな仕事の合間に時間を工面《くめん》して引き具を修理し、そりを補強していました。だから夕暮れどきに鹿たちが来たとき、たやすく引き具をつけることができました。

「今日はこれまでとは違《ちが》う方角に行こう」クロースは言いました。「いままでぼくが訪ねたことのない子どもたちが見つかる場所へ。どんどん進んで、てきぱき働かないと。袋がおもちゃでいっぱいで、あふれそうだから！」

そういうわけで月がのぼると同時に笑う谷から駆《か》けだして出発し、平原を越え、丘を越えて南へ向かいました。空気は張りつめていて凍るようで、降りしきる雪を星明かりが無数のダイアモンドのようにかがやかせていました。トナカイは力強い、安定した跳躍で進んでゆきました。クロースの心はとても軽く、ほがらかで、風が耳元でヒューヒューと鳴って過ぎるあいだ、笑い声を立て、歌っていました。

ホーホーと
ハッハッハッ！
それにホーホーハッハッハッピー
さあ進もう
凍《い》てつく雪を越え
なるたけほがらかに！

その声をジャック・フロストが耳にしてニッパーを手に駆けつけ、声の主がクロースだとわかると笑って、またいなくなりました。
ある森の近くを通るとき、お母さんフクロウたちがクロースの声を耳にして、木々の幹のうろから頭を出しましたが、声の主を見ると、あれはサンタクロースが子どもたちにおもちゃを運んでいるだけだからねと、寄り添《そ》っている子どもたちにささやきました。一体どうやってあのお母さんフクロウたちはあれほど物知りになるのでしょう。

点々とある農家の何軒《けん》かにクロースは寄り、煙突のなかを降りて、小さい子どもたちに贈り物を置いてゆきました。まもなくある村に着き、そこで眠《ねむ》る子どもたちに遊び道具を配って一時間ほがらかに働きました。その後、いつも歌う、喜びあふれるクリスマス祝歌を歌いながら去りました。

さあ行こう
きらめく雪を越え
トナカイがぐんぐん走って
子どもに運ぶ
ウキウキわくわくする
おもちゃ

クロースの太くて低い声をトナカイたちは気に入り、硬《かた》い雪の上でひづめを鳴らして歌に調子を合わせていましたが、まもなく新たな煙突の前で停まりました。サンタクロースは目をかがやかせ、風に当たって刷毛《はけ》で刷《は》いたように顔を赤くして、煙突のすすけた内壁《ないへき》を降り、家にいるすべての子どもそれぞれにプレゼントを置いてゆきました。

陽気で幸せな一夜でした。トナカイたちは疾走《しっそう》し、御者《ぎょしゃ》は、眠っている子どもたちに贈り物を撒《ま》くべくせっせと働きました。

しかしついに袋は空になり、そりは帰路につき、夜明けとの競争がふたたびはじまりました。グロッシーとフロッシーはまた遅刻して叱《しか》られる気はさらさらなく、見事な疾走をしてフロスト・キングが乗っている強風も追い越し、まもなく笑う谷に着きました。

クロースが自分の「馬」を引き具から解いたとき、東の空にグレーの筋はたしかにありましたが、夜が明けないうちにグロッシーとフロッシーは森の奥《おく》まで入っていました。

一夜の仕事でくたびれ果てていたクロースはベッドに体を投げだしてすぐに寝入《ねい》り、ぐっすり眠りました。クロースが寝ているあいだにクリスマスの日の太陽が現われ、何百もの幸福な家庭に陽射《ひざ》しを注ぎました。家々から聞こえてくる子どもの笑い声によって、サンタクロースが訪《おとず》れたのだとわかりました。

サンタクロースに幸《さち》あれ！　これがサンタクロースのはじめてのクリスマスイブでした。それ以来、小さい子どもたちの心に幸せをもたらすという使命を何百年も立派に果たしているのです。

第11章　靴下《くつした》がはじめて煙突の脇につるされるまで

サンタクロースが遠出するまで、おもちゃを持つ喜びを知る子どもが一人もいなかったことを思い起こせば、この善人に訪ねてもらえた子どもの家庭に喜びがそっともたらされたことや、家の人々が親愛のこもる声でサンタクロースのことを日々話し、サンタクロースのやさしい行いに心から感謝していたことがおわかりでしょう。当時の偉大《いだい》な戦士、強力な王、賢明《けんめい》な学者たちもしばしば話題にのぼりはしましたが、サンタクロースほど愛されている人は一人もいませんでした。他者を幸せにしようと身を尽《つ》くすほど私欲のない人はほかにはいなかったのです。激しい戦闘《せんとう》や王の命令、学者の論文よりも、親切な行いのほうが長く残るのです。だんだん広がって万物《ばんぶつ》に痕跡《こんせき》を残し、何世代にもわたって永らえるからです。

ヌークの王子との協定により、クロースのそれ以降の予定は先々までずっと変わることとなりました。トナカイを使えるのは一年に一晩だけなので、サンタクロースはほかの日をすべておもちゃ作りにささげて、クリスマスイブに世界じゅうの子どもたちにおもちゃを届けることにしたのです。

でも一年仕事を続ければおもちゃが山積みになるとわかっていたので、それまで使っていた古くてかっこ悪いそり以上に迅速《じんそく》な旅に向く、大きくて、頑丈《がんじょう》で、速いそりを作ることにしました。

まずサンタクロースはノームの王を訪ねました。そして交渉《こうしょう》をして、太鼓三個、ラッパひとつ、人形二体と引き換《か》えに、鋼鉄でできた、先端《せんたん》が美しい曲線を描《えが》く、立派なスキーを二本もらうことになりました。ノームの王にも子どもがいて、彼《かれ》らは鉱山や洞窟など地下の空洞で暮らしているため、気晴らしが必要だったのです。

三日で鋼《はがね》のスキーの用意が整い、クロースがノームの王のもとへ遊び道具を持ってゆくと王は大喜びして、スキー二本に加え、そり用の快い響《ひび》きの鈴をひと連なりクロースに贈りました。

「グロッシーとフロッシーが喜びます」クロースは鈴を鳴らし、陽気な音色に耳を傾けながら述べました。「でも、鈴は二本いるんです。トナカイ一頭につき一本」

「ラッパをもうひとつと、おもちゃの猫《ねこ》を持ってきたら、一本目のように鈴を連ねたものをもう一本やろう」王は答えました。

「そうしましょう！」クロースはそう叫《さけ》ぶと、おもちゃを取りに家に戻りました。

新しいそりは丁寧《ていねい》に造られてゆきました。そりを組み立てるために、頑丈でありながら薄い板をヌークが何枚も運んで来てくれたのです。駿足のトナカイがうしろへ飛ばす雪をはじくべくクロースは、はねよけに高さと丸みをつけました。そしておもちゃをたくさん運べるように台の側面を高くしました。最後に、ノームの王が作った、細い鋼のスキーにそりを載《の》せました。

実に見事なそりでした。大きくて、なかは広々としています。深夜の旅のあいだに誰も見ることはないだろうに、クロースはそりを色鮮《いろあざ》やかに塗りました。すべての作業が終わるとフロッシーとグロッシーに見せるため、二頭を呼びにやりました。

すばらしいそりだと二頭はほめたものの、自分たちが引くには大きすぎるし重すぎると真面目《まじめ》に言いました。

「雪の上はもちろん引けると思う」グロッシーは言いました。「でも、目指す遠くの都市や村を訪ねてから、夜明けまでに森に帰るほど速く引けないよ」

「ではそりを引いてくれる鹿をあと二頭、増やさなくては」クロースは少し考えてから言いました。

「ヌークの王子は、十頭までなら使っていいって言ったでしょう。十頭使っちゃえば？」フロッシーが尋ねました。「そうすれば電光石火の速さで進んで、一番高い屋根にも軽々飛び乗れる」

「トナカイ十頭で引くのか！」クロースはうれしそうに言いました。「そりゃあ、すばらしい。じゃあ、いますぐ森に戻って、君たちになるべくよく似た鹿を八頭選んで。そして全員がたくましくなれるようカーサの草を食べて、足が速くなるようグロールの草を食べて、長生きをしてぼくと何べんも旅に出られるよう、マーボンの草を食べるんだよ。それからネアーズの池で水浴びをするといい。あそこで水浴びをすれば、めったにないほど美しくなれると、うるわしいザーリーン女王がおっしゃっていた。これらの務めを忠実に果たしたら、今度のクリスマスイブには、ぼくの十頭のトナカイは世界が見たことのないほどこの上なく力強く、美しい『馬たち』になる！」

そこでグロッシーとフロッシーは森へ仲間を選びに行きました。クロースは十頭に使う引き具のことについて考えはじめました。

ついにクロースはピーター・ヌークを頼《たよ》って助けを求めました。なぜならピーターは体の曲がり具合と同じくらい心がやさしく、際立《きわだ》って賢明なのです。ピーターは引き具にする強靱《きょうじん》な革《かわ》を提供すると言ってくれました。

それは、たいへん長生きをして天寿をまっとうしたライオンたちの皮を細長く切ったものでした。片面は黄褐色《おうかっしょく》の毛で、もう片面はヌークが巧《たく》みに処理したおかげでビロードのようにやわらかくなっていました。この細長い革の帯を受けとるとクロースは丁寧に縫《ぬ》って、十頭のトナカイのための引き具を作りました。それは強靱で、使いでがあり、クロースは何年も何年も使うことができました。

この引き具とそりはひまひまに準備されました。クロースは日々の大半はおもちゃ作りに専念していたからです。最初の頃《ころ》に比べてははるかによいおもちゃを作れるようになっていました。それは不死の者たちがしばしば訪ねてきて作業をながめ、いろいろ提案してくれるおかげでした。「パパ」や「ママ」と言う人形も加えようと思いついたのはニシルでした。子羊のなかに甲《かん》高《だか》い鳴き声を仕込《しこ》んで、子どもがぎゅっとつかむと「メェメェ」と鳴くようにしようと考えついたのはヌークたちでした。妖精の女王は、鳥に笛を入れるよう助言しました。そうすれば鳥を歌わせることができるからです。それから、馬に車輪をつけるようにとも言いました。子どもたちが馬を引いて歩けるようにするためです。森では多くの動物がさまざまな原因で死ぬので、クロースが遊び道具として作っている獣《けもの》の小さな彫像《ちょうぞう》をその毛皮で覆《おお》うことはできないかと毛皮が持ちこまれました。ある陽気なリルが、うなずくロバを作ってみたらと提案し、クロースは作ってみました。やがて、子どもたちがロバを大いにおもしろがることがわかりました。こうしておもちゃは日に日に美しくなり、魅力《みりょく》が増し、ついには不死の者たちまで驚嘆《きょうたん》するほどとなりました。

クリスマスイブがまた近づいた頃、子どもたちに用意した美しい贈り物は巨大《きょだい》な山をなし、あとは大きなそりに積みこまれるのを待つばかりになっていました。クロースは三つの袋《ふくろ》におもちゃをぎっしり詰《つ》めたほか、そりの枠《わく》の隅々《すみずみ》にも詰めこめるだけ詰めました。

やがて夕暮れどきに十頭のトナカイが現われ、フロッシーがクロースにみんなを紹介《しょうかい》しました。駿足《レーサー》と着実《ペーサー》、無鉄砲《レックレス》と無疵《スペックレス》、不敵《フィーアレス》と無敵《ピーアレス》、構え《レディ》と備え《ステディ》。このトナカイたちとグロッシーとフロッシーを合わせた十頭で、親切な主人と一緒にこの何百年、世界をめぐってきたのです。みな抜群《ばつぐん》に美しく、脚《あし》はほっそりしていて枝角は広がり、黒い目はビロードを思わせ、なめらかな毛並みは淡黄褐色で白い斑点《はんてん》がありました。

クロースは一目で全員を気に入り、以来ずっとトナカイたちを愛しています。忠実な仲間で、クロースのために非常に役に立つ仕事をしてくれているからです。

新しい引き具はぴったりの大きさで、まもなくトナカイは二列になってそりにつながれ、一番前の二頭はグロッシーとフロッシーでした。二頭はそり用の鈴をつけ、自分たちが鳴らす音楽がうれしくて、鈴を鳴らそうと何度も跳《は》ねました。

さて、クロースはそりに乗りこんで席に着くと、ひざにあたたかい毛布をかけ、耳に毛皮の帽子《ぼうし》をかぶせ、出発の合図として長いムチをぴしりと鳴らしました。

たちまち十頭は飛びだして風のように進み、陽気なクロースはトナカイが走るのを見てうれしそうに笑い、大きな、力強い声で叫びました。

ホーホーホーと

ハッハッハッ！

それにホーホーハッハッヒー！

さあ進もう

凍った雪を越え
なるたけほがらかに！

おもちゃの山に　たくさんの
喜び　つめて
たくさんの子が　わかるよう
遠くまで　届けよう
ハラハラわくわく　夜の旅
ぱりぱりのきらめく雪を越え

さて、このクリスマスイブに幼いマーゴと弟ディックの家にいとこのネッドとサラが泊《と》まりに来ていて、みんなで雪だるまを作って服をぬらして家に戻り、ミトンからは水がぽたぽた垂れ、靴も靴下もぐしょぬれでした。でも子どもたちは叱られませんでした。マーゴのお母さんは、雪がとけかかっているのを知っていたのです。でも子どもたちはいつもより早くベッドに入るよう言われました。服を椅子《いす》にかけて乾《かわ》かすためです。熱い残り火の熱が当たるよう、靴は炉辺《ろばた》の赤いタイルの上に置かれました。煙突の脇に靴下はきちんと並べてつるされました。暖炉の真上です。そのおかげでその晩、家じゅうの人がぐっすり眠っているあいだに煙突を降りてきたサンタクロースは靴下に気がつきました。すべて子どものだと見てとると、大急ぎだったので、その靴下に手早くおもちゃを詰めこみ、今度は急いで煙突を登り、いきなり屋根に戻ったので、トナカイたちはサンタクロースの機敏さに驚《おどろ》いていました。

次の煙突へそりを御《ぎょ》しながら、クロースは思いました。どの子も靴下をつるしてくれるといいのに。そうすれば時間をだいぶ節約できて、夜明けまでにもっと大勢の子を訪ねることができる。

翌朝、マーゴとディックとネッドとサラがベッドから飛び起きて、下へ駆けおりて暖炉まで靴下を取りにゆくと、サンタクロースがくれたおもちゃが入っていたので大喜びでした。事実、同じ都市にいるほかのどの子たちよりマーゴたちのほうがプレゼントをたくさん見つけたことと思います。サンタクロースは急いでいて、止まっておもちゃを数えることをしなかったのです。

もちろん四人の子どもたちはこの一件を小さな友人全員に話し、話を聞いた子どもはみな来年のクリスマスイブには自分も暖炉の脇に靴下をつるそうと決めました。父親であるラードの偉《えら》いお殿《との》さまとともにこの都市を訪れたベッシー・ブライスサムさえ、子どもから話を聞いて、クリスマス時分に家に戻ると自分のきれいな靴下を煙突の脇にかけました。

次の旅でサンタクロースは、自分の訪問を期待して多くの靴下がつるされているのを見つけ、ぱっぱと靴下にものを詰めて立ち去ることができました。子どもの居所を見つけてベッドの脇におもちゃを置くのに比べて半分の時間しかかりませんでした。

この慣習は年々広まり、サンタクロースにとって常に大きな手助けになっています。サンタクロースが訪ねるべき子どもの数は膨大ですから、わたしたちの精一杯の助けをサンタクロースは必要としているのです。

第12章　最初のクリスマスツリー

クロースはヌークとの約束を必ず守って、夜明けまでに笑う谷に戻っています。でもそれを可能にしている唯一《ゆいいつ》のわけは、トナカイたちの速さです。クロースは世界じゅうをめぐっているのですから。

クロースは仕事が大好きで、そりで出かける身の引き締《し》まるような夜の旅も、そり用の鈴の明るい音色も気に入っていました。十頭のトナカイとはじめて出かけた旅で鈴をつけていたのはグロッシーとフロッシーだけでしたが、それから八年、クロースはノームの王の子どもたちに毎年贈り物を届け、気立てのいい君主はクロースが訪れるたびにひもに連ねた鈴を一本くれて、ついに十頭のトナカイがみな鈴をつけるようになりました。雪の上をそりが猛《もう》烈《れつ》な速さで滑《すべ》りながらどんなに陽気な調べを奏《かな》でたか、想像がつくでしょう。

子どもたちの靴下はとても長くて、ぎっしり詰めるにはおもちゃが実にたくさん要《い》りました。ほどなく、おもちゃ以外にも子どもには大好きなものがいくつかあることをクロースは知りました。そこで、常に良き友である妖精のうち数名を熱帯地方に派遣《はけん》しました。妖精たちは木からもいだオレンジやバナナを大きな袋に詰めて何袋も運んで戻りました。ほかの妖精はファニーランドの谷へ飛んでゆきました。そちらではおいしいキャンディやボンボンが茂《しげ》みにたわわに実っていて、妖精は子どもたちのためにお菓子《かし》を何箱も携《たずさ》えて戻りました。クリスマスイブのたびにサンタクロースはこれらをおもちゃと一緒に長靴下に入れ、子どもたちはもちろん喜びました。

冬に雪が降らない、あたたかい国もありますが、クロースとトナカイたちは寒い気候の土地と同じようにあたたかい国々も訪れました。そりのスキーに小さな車輪が仕込んであり、はだかの大地も雪の上を走るのと同じくらいなめらかに走ることができたからです。やがて、あたたかい国々に住む子どもたちも笑う谷により近い場所に暮らす子どもたちと同じぐらいサンタクロースという名を知るようになりました。

あるとき、年に一度の旅にトナカイたちが出る直前にサンタクロースのもとに一人の妖精がやって来て、三人の小さな子どもの話をしました。いかなる樹木もない広い平原に獣の皮で作った小さな粗末《そまつ》なテントで暮らし、両親が無知で子どもたちをないがしろにするせいで、かわいそうな三人はみじめで不幸なのでした。クロースは家に戻る前に必ずこの子たちを訪ねようと決めました。そして道中、風で折れた松のふさふさした梢《こずえ》を拾い、そりにのせました。

哀《あわ》れな子どもたちが眠る、獣の皮でできたさびしいテントの前にトナカイたちが停まったのは、もう朝も近い頃でした。クロースはただちに小さい松を砂に挿《さ》し、枝にろうそくをたくさん取りつけました。そしてキャンディを幾袋《いくふくろ》かと一番きれいに出来たおもちゃを数点、木にさげました。長くはかかりませんでした。サンタクロースは仕事が早いのです。すべての用意が整うとろうそくを灯し、テントの口に頭を入れ、叫びました。

「子どもたち、メリークリスマス！」

そしてそりに飛び乗ってたちまち姿を消しました。子どもたちが眠たい目をこすりながら、誰が呼んだのだろうと外に見に来るよりも早くいなくなったのです。

子どもたちがどれほど驚き、喜んだか想像してください。それまで本当の喜びを知らないで生きていたのです。そして、この木を目にしました。灰色の夜明けのなかで燦然《さんぜん》とかがやくきらきら光る木に、これから何年も自分たちを幸せにするに充分《じゅうぶん》なおもちゃがつるしてあります！　子どもたちは手をつなぎ、木のまわりで踊《おど》りました。ついに立ち止まって一息つかなくてはならないほど、たくさん叫び、笑いました。両親も外に出てきて木を見て驚嘆し、それ以降、わが子たちにそれまでよりも敬意を抱《いだ》き、気を配るようになりました。サンタクロースが美しい贈り物を子どもたちに与えたからです。

クロースはクリスマスツリーというアイディアが気に入りました。そこで翌年はそりで何本も運び、木を見る機会がめったにない貧しい人々の家に設置しました。枝にはろうそくやおもちゃをつけました。望んでいる全員にいっぺんに木を運んでゆくことはもちろんできませんでしたが、父親があらかじめ木を手に入れて、サンタクロースの訪問に備えて下準備のできる家もありました。善良なるクロースはそんな木々をいつもなるべくきれいに飾《かざ》り、光が照らすクリスマスツリーを見に来る子ども全員に行きわたるようおもちゃをつるしておきました。

こうした発想がいくつも生まれ、かくも親切に実行されたため、子どもたちはクロースという友が年に一度訪ねてくれる夜を待ちこがれるようになりました。そういうわくわくする思いは実に楽しく心慰《こころなぐさ》められるもので、次にサンタクロースが来たときに何が起こるだろうと考えて子どもたちは多くの幸せを集めることができました。

かつてクロースを城から追い払《はら》い、自分の子どもたちを訪ねることを禁じた、いかめしいブラウン男爵《だんしゃく》のことを覚えていますか？　その後何年も経て老男爵が亡《な》くなると息子が跡《あと》を継《つ》いで治めるようになり、新しいブラウン男爵は、騎士《きし》および騎士見習い、従者の列をしたがえてクロースの家を訪れ、みずから馬からおりると子どもたちの友に対してへりくだって帽子を取りました。

「父にはあなたの善良さと値打ちがわからなかったんです」男爵は言いまし

た。「それで城壁からつるすなどと脅《おど》してしまいました。でもわたしにも子どもがおりまして、サンタクロースが訪れてくださることを子どもたちは待ちこがれています。今日はお願いにあがりました。どうか今後はよそのお子さんたちによくなさっているように、うちの子たちにもお目をかけてくださ い」

クロースはこのスピーチを聞いて満足しました。唯一訪ねたことのない場所が、ブラウン城だったからです。そして次のクリスマスイブに男爵の子どもたちにプレゼントを持ってゆくと喜んで約束しました。

男爵は満足して去り、クロースは誠実に約束を守りました。

かくしてクロースはその善良さを通して万人の心をつかみました。この男が常に明るくほがらかだったのも不思議ではありません。なぜなら、広い世界のどの家庭でも、一軒残らず、いかなる王さまよりも大歓迎されたからです。

第三部　老いてのち

第1章　不死のマント

さて、サンタクロースの生涯《しょうがい》における転換点《てんかんてん》に到《いた》りました。世界がはじまって以来、あるいは人類が創造されて以来のもっとも驚《おどろ》くべき出来事を伝えることがわたしの務めです。

ここまでたどってきたクロースの人生は、無力な乳児のときに森のニンフ、ニシルに発見されて以降、偉大《いだい》なるバージーの森で育てられて成人するまでです。クロースが子どものためにおもちゃを作るようになったいきさつ、そして不死の者たちの力添《ちからぞ》えと善意によって、世界じゅうの子どもたちにおもちゃを配るようになったいきさつをわたしたちは知っています。

クロースは長年この立派な仕事を続けました。素朴《そぼく》で勤勉な生活を通して完璧《かんぺき》な健康と体力を得ていたのです。それに、美しい笑う谷では、世界のほかのどこよりも人間がいっそう長く生きられることは間違《まちが》いありません。笑う谷には心配事がなく、何もかもが平穏《へいおん》で陽気なのです。

しかし何年も何年も経《た》つとサンタクロースは年をとりました。頰《ほお》とあごを覆《おお》っていた黄褐色《おうかっしょく》の長いひげは次第《しだい》に白髪《しらが》まじりになり、ついに真っ白になりました。髪《かみ》の毛も白くなり、目尻《めじり》にはしわができ、笑うとくっきり目立ちました。もともと背は高くなく、いまや太っていて、歩くとよたよたするさまはアヒルによく似ていました。しかしそんな状況《じょうきょう》にかかわらず、サンタクロースはいつまでも活《い》き活きしていて、あいかわらず陽気で明るく、やさしい目は笑う谷にはじめて来た日のように明るくかがやいていました。

しかし高齢《こうれい》となり、人生を生き切ったすべての人には、別世界へ行くべくこの世から去るよう求められるときが確実に訪《おとず》れます。ですからサンタクロースがクリスマスイブにトナカイたちを幾度《いくど》となく駆《か》ったあと、忠実な仲間がついにこうささやきあったのも不思議ではありません。たぶん、このあいだの旅がサンタクロースのそりを引く最後になるよ。

そういうわけでバージーの森全体が悲しみに暮れ、笑う谷一帯がしんと静まりかえりました。クロースを知る生きとし生けるものはみなクロースを大切に思い、クロースの足音や陽気な口笛を耳にすると元気がわいていたからです。

老人の体力がついに尽《つ》きてしまったことは間違いありませんでした。というのも、もうおもちゃを作ることはなく、夢のなかにいるかのようにベッドで横になっているのです。

サンタクロースの育ての母であるニンフのニシルはその頃《ころ》もやはり若々し

く、強く、美しいままでした。ニシルにとって、この年老いた、白いひげの男性が自分に抱《だ》かれて、無邪気《むじゃき》な赤子の唇《くちびる》でほほえみかけてきたのはついこのあいだのことのように思われました。

この点に、人間と不死の者との違いが示されています。

折しも偉大なるアークが森を訪れたことは幸運でした。ニシルは不安そうなまなざしでアークを探《さが》しだし、友人クロースを脅《おびや》かしているさだめについて話しました。

たちまち長《おさ》は重々しい表情になり、斧《おの》に寄りかかって何分も白髪まじりのひげを思案顔でなでていました。やがていきなり姿勢をぴんと正し、がっしりした頭を決然としてもたげ、何か雄々《おお》しいことをしようと決めたかのようにたくましい右腕《みぎうで》を差しのべました。ある考えがひらめいたからです。しかもそれは樵《きこり》の長に対して全世界が頭《こうべ》を垂れ、永遠にその名を尊んでもいいほど偉大な案なのです！

偉大なるアークがひとたび何かしようと思い立ったら一瞬《いっしゅん》たりともためらわないことはよく知られています。ここでアークはもっとも速い伝令たちを呼び寄せ、瞬《また》く間に世界各地に派遣《はけん》しました。伝令が去ると、心配しているニシルのほうを向き、慰《なぐさ》めました。

「元気を出せ。われらが仲間にはまだ命がある。さあおまえの女王のもとへ急いで、こう伝えなさい。世界じゅうの不死の者たちによる会合を開くためにバージーの森で会いたいとわたしがみなに連絡《れんらく》をした、と。もしもみなが集まって、わたしの話に耳を傾《かたむ》けてくれれば、クロースはこれからも数えきれないほど多くの時代を超《こ》えてトナカイたちを駆ることができるだろう」

古《いにしえ》から続くバージーの森で、真夜中にすばらしい場面が繰《く》り広げられました。何世紀かぶりに、地球に暮らす不死の者を治めている者たちが一堂に会したのです。

水の精の女王が来ていて、うるわしい姿は水晶《すいしょう》のように透《す》きとおっていましたが、川辺の苔《こけ》にすわっているあいだじゅう水をしたたらせていました。女王の隣《となり》に眠《ねむ》りの妖精《ようせい》の王がいました。王は杖《つえ》を持ち、杖の先から細かい粒《りゅう》子《し》があたり一面に舞《ま》い落ちて、王を見ることができるまで起きていられる人間は一人もいませんでした。その粉末が目に入ったとたん、人間は必ず目をつぶって眠ってしまうからです。王の隣にノームの王がすわっていました。ノームの王の民《たみ》は、地表の下の全域に住み、岩と鉱石に埋《う》まっている、貴重な金属と宝石を守っています。ノームの王の右隣には、音の小鬼《こおに》の王が立っていました。その両足に翼《つばさ》があるのは、発生する音を民がことごとく速《すみ》やかに運ぶからです。ただ、忙《いそが》しいときは音がたくさんあるから短い距離《きょり》しか運びません。でもときには音をたずさえて、発生源から何マイルも何マイルも離《はな》れた所へ素早《すばや》く飛んでいきます。音の小鬼の王は不安げで心労が顔に浮《う》かんでいました。音の小鬼たちに対してたいていの人間がちっとも気を配らないせいです。とくに少年少女は無闇《むやみ》やたらに音を立てるので、小鬼たちはもっといい時間の使い方がほかにあるかもしれないのに、その音を運ばなくてはならないのです。

不死の者たちの輪で次の席にいたのは、風の悪魔《あくま》の王でした。この王は細身で、たった一時間でも一か所に留められているせいで落ち着きがなく、不安なようでした。王はときどき席を立つと林間の空き地をひとまわりして、その度《たび》に妖精の女王は、からまった金髪をほどいて桃色《ももいろ》の耳にかけざるを得ませんでした。でも女王は不平を言いませんでした。風の悪魔の王が森の中心まで来ることはごくまれなのです。みなさんがご存知のとおり、妖精の女王は古からつづくバージーで暮らしていて、女王の次には、光のエルフの王がいて、二人の王子フラッシュとトワイライトがうしろについていました。王は、二人の王子を残してはどこにも行きません。二人ともたいへんないたずら好きで、勝手にその辺をうろうろさせることなど恐《おそ》ろしくてできないのです。

　フラッシュ王子は右手に稲妻《いなずま》、左手に火薬の入った角状の容器を持ち、目をくらます閃光《フラッシュ》を使いたくて仕方がないというふうに、きらめく目をあちこちに向けていました。トワイライト王子は片手にたいそう大きなロウソクの芯切《しんき》りばさみを持ち、もう一方の手に大きな黒い外套《がいとう》を持っていました。トワイライトをしっかり見張っていないかぎり、芯切りばさみか外套ですべてを真っ暗闇にしてしまうのはよく知られています。闇こそ、光のエルフの王の最大の敵なのです。

　いま名前を挙げた不死の者のほかに、ヌークの王がインドのジャングルにある住まいから来ていました。リルの王もいました。この王さまはバレンシアの色鮮《いろあざ》やかな花々や風味豊かな果物に囲まれて暮らしていました。そして、不死の者たちの輪は森のニンフたちのやさしいザーリーン女王で完成しました。

　しかし、輪の中央にあと三名すわっていました。この三名には多大な力があり、すべての国王と女王が三名に敬意を示していました。

三人とは、まず世界の樵の長で、森、果樹園、林を治めているアーク。そしてカーンは世界の農夫の長で、穀物畑、草原、庭を治めています。ボーは世界の水夫の長で、海洋および海に浮かぶ船舶《せんぱく》をすべて治めています。ほかの不死の者たちは多かれ少なかれ、この三人にしたがわなければなりません。

全員がそろうと世界の樵の長が立ちあがり、全員に語りかけました。自分がみなをこの会合に呼び集めていたからです。

樵の長はクロースの物語を明快に語りました。森の子となった赤《あか》ん坊《ぼう》のときのことからはじめ、高潔で寛大《かんだい》な人柄《ひとがら》と子どもたちを幸せにするための長年の働きについて語りました。

「そして、いま」アークは言いました。「世界じゅうに愛されるようになったいま、死の精がクロースの上を漂《ただよ》っている。これまで地球上で暮らしたすべての人間のなかで、彼ほど不死になるにふさわしい者はない。彼がいなくなったらさびしがり、嘆《なげ》く人間の子どもがいるかぎり、このような命をなくすわけにはゆかぬ。われわれ不死の者は世界の召使《めしつかい》であり、世界に奉仕《ほうし》するために『大いなるはじまり』に存在を許された。だがわれわれのなかに、この人間クロース以上に不死となるにふさわしい者がいるだろうか？　小さい子どもに心優《こころやさ》しく与《あた》えつづけているクロース以上にふさわしい者が？」

樵の長が話を中断して輪をぐるりと見ると、すべての不死の者が話に聞き入り、賛同を示してうなずいていました。風の悪魔の王はそっと口笛を吹《ふ》いていましたが、ついに叫《さけ》びました。

「何が望みだ？　アークよ」

「クロースに不死のマントを与えること！」アークは大胆《だいたん》に言いました。

この要求はまったく予想外だったのでしょう。不死の者たちがみな飛びあがり、困ったように顔を見あわせ、驚いた表情でアークを見ました。不死のマントをゆずりわたすということはそれほどの一大事なのです。

水の精の女王が低い、透きとおった声で言いました。話す言葉は窓に当たる雨粒《あまつぶ》のように聞こえました。

「世界にたった一枚しか不死のマントはありません」

音の小鬼の国王がつけ加えました。

「あれは『大いなるはじまり』からあって、わが物とあえて主張した人間は一人もいない」

世界の水夫の長が立ちあがり、手足を伸《の》ばし、言いました。

「不死の者が全員、賛成しないかぎり、人間に与えることはできない」

「すべて承知している」アークは静かに答えました。「でもマントはあるし、みなが言うように『大いなるはじまり』に造られたなら、いつか必要になると『至上の長』がご存知だったからだろう。いままでマントを得るに値《あたい》する人間はいなかったが、善良なるクロースがふさわしくないと言う者はいるか？　全員がクロースに与えようと言うのではないか？」

全員黙《だま》りこみ、なおも問いかけるようなまなざしで互《たが》いを見つめあっていました。

「誰《だれ》もまとわぬままで、不死のマントに意味はあるか？」アークが詰問《きつもん》しました。「あのマントをさびしい神殿《しんでん》に今後いつまでも残しておいて、われわれのなかで得をする者が一人でもいるかね？」

「もうたくさんだ！」ノームの王がだしぬけに言いました。「可否をみんな言おうじゃないか。わたしは可！」

「わたしも！」妖精の女王がすぐに言い、アークはそれに報《むく》いてほほえみかけました。

「バージーにいる臣下たちはクロースを大好きになったそうだ。だからわたしもクロースにマントを与えるほうだ」リルの王は言いました。

「彼はすでにヌークの仲間」ヌークの古からの王が宣言しました。「クロースが死なないようにしよう！」

「そうしよう！　そうしよう！」風の悪魔の王がため息をつきました。

「いいのではないか？」眠りの妖精の王が問いました。「余の妖精たちが人間に与える眠りを、クロースは一度も邪魔していない。善良なるクロースが死なないようにしよう！」

「異議なし」音の小鬼の王は言いました。

「わたしも」水の精の女王がつぶやきました。

「クロースがマントを授与されないならば、今後、ほかの誰もマントを得られぬことは明らかだ」光のエルフの王が言いました。「だからこの際、この件を片づけようではないか」

「そもそも彼を養子にしたのは森のニンフです」ザーリーン女王が言いました。「わたしはもちろん、死ななくするほうです」

アークは世界の農夫の長のほうを向きました。すると相手は右腕をあげ「イエス！」と言いました。

世界の水夫の長も同じようにしました。アークは目をかがやかせ、にこにこしながら、大きな声で言いました。

「ありがとう、不死の仲間よ！　全会一致《いっち》で可だから、われわれが与える権限のある、たった一枚の不死のマントを大切なクロースに授《さず》けよう！」

「いますぐ取りに行こう」眠りの妖精の王が言いました。「ちょっと急いでいるもので」

みんな頭を下げて同意を示し、たちまち森の空き地から誰もいなくなりました。しかし、地球と空のなかほどに黄金とプラチナの燦然《さんぜん》とかがやく聖堂の地下室が宙づりになり、無数の宝石の切子面《きりこめん》が放つやわらかい光できらめいていました。高いドームのなかにきわめて貴重な不死のマントがさがっていて、不死の者たちは壮麗《そうれい》な衣《ころも》のすそに触《ふ》れ、声をあわせました。「このマントを子どもの守護聖人《しゅご》と呼ばれているクロースに捧《ささ》げる！」

すると高みにある聖堂の地下室からマントが外されて、みんなでマントを笑う谷の家まで運んでゆきました。

クロースのベッドのすぐそばに死の精がしゃがんでいて、不死の者たちが近づくと飛びあがり、うしろへさがれと怒《いか》りをこめて身振《みぶ》りをしました。しかしみんなが運んでいるマントを目にすると彼女《かのじょ》はがっかりして低くうめいて逃《に》げてゆき、その後この家を二度と訪れませんでした。

不死の者の一団が貴重なマントをそっと静かにクロースの上におろすとマントはクロースを包み、体の輪郭《りんかく》に沈《しず》みこんで見えなくなりました。マントはクロースの一部となり、いかなる人間も不死の者も、今後一切《いっさい》マントを取り去ることはできないのです。

その後、この偉大な行為《こうい》をなした王と女王たちはそれぞれの住処《すみか》へ散り、不死の者を一人仲間に加えたことに全員が大いに満足していました。

クロースは眠りつづけました。永遠に続く命の赤い血が血管をすいすいと流れていました。額にほんの小さな一滴《てき》の水があったのは、水の精の女王の

絶えず融《と》けているドレスからしたたり落ちたためです。唇にはやさしいニンフのニシルが残したやさしいキスの跡《あと》がたゆたっていました。みんなが去ったあとニシルが忍《しの》びこみ、育てた息子《むすこ》が不死となった姿をうっとりとながめたのです。

第2章　世界が古びてきたとき

翌朝、サンタクロースが目を開き、もう二度と見ることはないかもしれないと案じていた、見慣れた部屋を見回したとき、驚いたことがありました。かつての活力がよみがえっていて、血管をすこぶる健《すこ》やかで真っ赤な血がどんどん流れているのを感じたのです。そこでベッドから飛び起きて、まばゆい陽射《ひざ》しが窓から注ぎこむ場所に立ち、陽気な、踊《おど》る光線を浴びていました。

そのときはまだどんな出来事が若さの活力を取りもどしてくれたのか、わかっていませんでした。でも、ひげはあいかわらず雪と同じ色で、陽気な目の端《はし》にあいかわらずしわがあるのに、老サンタクロースの気分は十六歳の少年と同じぐらいきびきびとしてほがらかで、まもなく満足げに口笛を吹きながら、新しいおもちゃ作りにせっせと取り組んでいました。

するとアークが訪ねてきて不死のマントのことを話し、幼い子どもたちへの愛情ゆえにクロースがマントを得たいきさつを語りました。

そこまで特別扱いされたのかと思うと、老サンタは束の間《つかのま》、真顔になりました。しかし、愛する者たちと離ればなれになることをもう恐れなくていいと知ってうれしくもなりました。そして、きれいでおもしろい遊び道具の驚くべき取りあわせを作るべく、しかもこれまでにない分量を仕上げるべくさっそく準備に取りかかりました。この仕事に常に専念できるようになったのだから、今後、自分が与えられるかぎり、世界じゅうの子どもは裕福《ゆうふく》であれ貧乏《びんぼう》であれ、クリスマスの贈《おく》り物をもらえぬことはない、とサンタクロースは決意しました。

愛すべきサンタクロースがおもちゃを作りはじめ、いつくしみ深い行いゆえに不死のマントを得られた頃、世界は新しかったのです。励《はげ》ましの言葉、共感、きれいな遊び道具を同類の子どもたち全員に与える仕事は、少しも難題に思われませんでした。しかし世界に子どもが毎年どんどん生まれ、やがて成長すると新しい住まいを求めて世界じゅうにじわじわと広がってゆき、サンタクロースは年々笑う谷からだんだん遠くまで旅をしなければならず、おもちゃの包みもどんどん大きくしてゆかなくてはならないとわかりました。

ついにサンタクロースは仲間である不死の者たちに相談しました。どうすれば増えつづける子どもの数に仕事のペースを合わせて、忘れ去られる子どもを一人も出さないでいられるか。不死の者たちはサンタクロースの仕事に大いに関心がありましたので、喜んで力を貸しました。アークは「寡黙《かもく》で手早い」召使のキルターを与えました。ヌークの王子は、ピーターを与えました。ピーターはほかのヌークの誰よりも体が曲がっていて、誰よりも素直です。リルの王子はヌーターを与えました。ヌーターは、史上最高に気立てのやさしいリルです。そして妖精の女王はウィスクを与えました。とても小さい、いたずら好きな愛すべき妖精で、いまやサンタクロースと同じぐらい、大勢の子どもを知っています。

おもちゃ作り、家の整理整頓《せいとん》、そりと引き具の手入れを彼らに手伝ってもらえるので、サンタクロースは毎年の贈り物の山を準備する仕事がぐんと楽になり、日々が順調に楽しく進むようになりました。

しかし何世代か経ると、サンタクロースの心配はよみがえりました。人々の増え方がめざましく、対応すべき子どもたちもめざましい勢いで年々増えていくのです。ある国ですべての都市および土地を満たすと、人々は別の地域にさまよいこみ、アークが治めてきた広大な森の多くで男たちが木を伐《き》り、木材を使って新たな都市をいくつも作りました。かつて森林だった場所に穀物畑ができ、草を食《は》む家畜《かちく》の群れがいるのです。

樵の長は自分の森がなくなって抗《あらが》うのではないかと思うかもしれませんが、そうではありませんでした。アークの知恵《ちえ》は強靱《きょうじん》で、先々まで見通すものでした。

「世界は人間のために造られた」アークはサンタクロースに言いました。

「わたしは人間が必要とするまで森を守ってきただけだ。たくましいわが木々が人間のか弱い肉体に住まいを提供し、寒い冬のあいだ人間をあたためることができて喜ばしい。でも人間が木々を伐りつくさないよう望んでいる。なぜなら人間には冬に燃えさかる丸太のぬくもりが必要なのと同じぐらい、夏には森による日よけが必要だ。世界がどれほど混《こ》みあおうとも、今後、人間がバージーに来ることはあるまい。大いなる黒い森に来ることもなく、ブラズの森に覆われた荒野《こうや》にも来ないだろう。来るとしても、木蔭《こかげ》を求めて憩《いこ》いに来るのであって、森の巨木《きょぼく》を破壊《はかい》しには来ないだろう」

やがて人間は木の幹で船を造って大海原をわたり、遠い地で都市を作るようになりました。しかし大海原《おおうなばら》はサンタクロースの旅にたいした影響《えいきょう》を与えませんでした。サンタクロースのトナカイたちは陸を進むのと同じ速さで水上も進み、そりは東から西へ向かい、太陽を追ってゆきました。だから地球がゆっくりと回るあいだにサンタクロースはまるまる二十四時間かけてクリスマスイブに地球をひとめぐりできて、駿足《しゅんそく》のトナカイたちはすばらしい旅をますます楽しむようになりました。

ですから年々、そして世代から世代へ、さらに幾世紀も経るごとに世界は古くなり、人々はいっそう増え、サンタクロースの仕事は着実に増してゆきました。サンタクロースの善い行いに関する名声は子どもが暮らすすべての家庭に広まりました。幼い子どもはみなサンタクロースが大好きで、父母たちはやはり子どもの頃に与えられた幸せゆえにサンタクロースを尊んでいました。そして祖父母たちは愛情のこもる感謝の念とともにサンタクロースを思いだし、サンタクロースを称《たた》えました。

第3章　サンタクロースのお手伝いたち

しかし文明のたどる道につきものの悪い点がひとつあり、克服《こくふく》する術《すべ》が見つかるまでサンタクロースにとって大迷惑《だいめいわく》でした。しかし幸いなことにこれはサンタクロースが耐《た》えなければならなかった最後の試練でありました。

あるクリスマスイブ、トナカイたちが新築の建物のてっぺんに跳《と》ぶと、煙《えん》突《とつ》が通常よりもずいぶん小さく作られていてサンタクロースは驚きました。でもそのときは考える暇《ひま》がなかったので、息を吸いこみ、体をなるべく小さくして、煙突のなかを滑《すべ》りおりました。

もう下に着いてもいい頃だ。そう思いながら下へ滑ってゆきましたが、いかなる類《たぐ》いの暖炉《だんろ》も見当たらず、やがて煙突の果てに到ると、そこは地下室でした。

奇妙《きみょう》だ！　サンタクロースは不思議に思って考えました。暖炉がないなら、あの煙突はいったい何のために立っているんだ？

今度は外に出るために登りはじめ、これがかなりの難業だとわかりました——ひどくせまいのです。登りながら、煙突の側面を細くて丸い管が通っていることに気がつきました。でも、何に使うのかは思いつきませんでした。

ついにサンタクロースは屋根にたどり着き、トナカイたちに言いました。

「あの煙突は降りなくてよかったんだ。家に入っていける暖炉はひとつも見つからなかった。あそこに住んでいる子どもたちは、今年のクリスマスは遊び道具なしにならざるを得ないようだ」

その後そりを先に進めたものの、まもなくまた煙突が小さい、新築の家に来ました。この事態にサンタクロースは疑わしげに首を振りました。それでも試《ため》しに煙突に入ってみて、さきほどとまったく同じだとわかりました。しかもせまい煙管にはまって動けなくなり、外に戻ろうとするうちに上着が破けました。そういうわけでこの夜は同じような煙突がある場所へあと何か所か行きましたが、もう降りてみようとはしませんでした。

「いったい何を考えているんだ、あんな役に立たない煙突を作るなんて！」サンタクロースは叫びました。「何年も何年もトナカイたちと旅をして、こんなものは見たことがない」

そのとおりでした。ただ、ストーブが発明されてどんどん普及《ふきゅう》していることをサンタクロースはまだ知りませんでした。それをついに知ったときは不思議に思いました――どうしてああいう家を建てた人々は、ちっとも配慮《はいりょ》をしてくれなかったんだろう。煙突のなかを降りて暖炉から家に入るのがわたしの習わしだとよくよく知っているはずなのに、と。ひょっとしてこういう家を建てた男たちは、大きくなっておもちゃに対する愛情を失って、サンタクロースがわが子を訪ねるかどうかについて無頓着《むとんちゃく》になっていたのでしょうか。でも理由がなんであれ、深い悲しみと落胆という重荷を背負わなくてはいけないのは、かわいそうな子どもたちです。

翌年、暖炉のない新型の煙突がますます増えているのをサンタクロースは知りました。その次の年には一層増えていました。その年はおもちゃがいくつかそりに残りさえしました。細い煙突が多すぎて子どものもとに行けず、贈れなかったおもちゃです。

事態がたいそう深刻になってしまったため、サンタクロースの心配は募《つの》り、キルター、ピーター、ヌーターとウィスクに相談することにしました。

キルターはこの件についてすでにいくらか認識《にんしき》していました。クリスマス直前にすべての家をさっと回って、サンタクロース宛《あ》てに子どもたちが記《しる》した、靴下《くつした》に入れてほしい物やクリスマスツリーにつるしてほしい物のメモや手紙を集めるのが責務だからです。でもキルターは無口で、さまざまな都市や村で見たことについてめったにしゃべりませんでした。ほかの者たちは憤《いきどお》っていました。

「あの人たちは、まるで子どもを幸せにしてほしくないような振る舞い方をしている！」良識あるピーターが、いらだった口調で言いました。「子どもたちにこれほど親切な友人を締《し》めだすなんて！」

「でもわたしの意図は、親たちが望もうと望むまいと子どもを幸せにすることだ」サンタクロースが応じました。「何年も前におもちゃを作りはじめた頃、子どもはいまよりも親にほったらかしにされていた。だから、思いやりのない親や身勝手な親のことはちっともかまわずに、子どもの願いだけを考えるようになったんだよ」

「そのとおりですね、ご主人さま」リルのヌーターが言いました。「そうやってご主人さまが子どもたちのことを考えて、喜ばせようとしなかったら、友人が一人もいない子が大勢出るはずです」

「それなら」ほがらかなウィスクが言いました。「この新式の煙突を使おうなんてもう考えないで、ぼくらはどろぼうになって、ほかの方法で家に入りこまなきゃ」

「どうやって？」サンタクロースが尋《たず》ねました。

「そりゃあ、煉瓦《れんが》の壁《かべ》も木の壁もしっくいの壁も妖精にとっては何でもないんです。ぼくは好きなときに楽々通りぬけられます。ピーターもヌーターもキルターもそうです。そうだよね、みんな？」

「ぼくは手紙を集めるときによく壁を通りぬけている」キルターが言いました。彼にしては長い発言で、ピーターとヌーターはびっくり仰天《ぎょうてん》してぱっちりした目が頭から飛びださんばかりでした。

「だから」妖精ウィスクは続けました。「次の旅にぼくらも連れていくのをお勧《すす》めします。暖炉じゃなくてストーブがある家に当たったら、ぼくらが子どもにおもちゃを配るんです。煙突なしで入れますから」

「なかなかいい案だねえ」サンタクロースは答えました。問題を解決できて、大満足していました。「来年やってみよう」

　そういうわけで翌年のクリスマスイブにはウィスクもキルターもピーターもヌーターもみんなご主人とそりに乗ってゆきました。そして何の問題もなく新型の家々に入り、そこで暮らす子どもたちにおもちゃを置いてきました。その見事な手際《てぎわ》のおかげで、クロースはだいぶ労が減ったのみならず、自分の仕事を例年よりも早くやりとげることができて、陽気な一団は夜が明ける一時間前に荷物がなくなったそりで家に戻っていました。

　この旅のただひとつの難点は、トナカイが飛びあがるのを見たさに、いたずら好きなウィスクが長い羽根でトナカイをくすぐりつづけるのでサンタクロースがウィスクをずっと見張っていざるを得ず、行儀《ぎょうぎ》を直させるために長い耳を一、二度引っぱらなくてはいけなかったことでした。

しかし総じて見れば旅は大成功で、今日にいたるまでこの四人の小妖精たちは年に一度のサンタクロースの旅に必ずお供をして、贈り物を配る手伝いをしています。

でも善良なる聖人をあれほどイライラさせた、親たちの無関心はさほど長く続きませんでした。その後まもなく、親たちの思いがわかってきました。クリスマスイブにサンタクロースにぜひとも家に来て、わが子にプレゼントを置いていってほしいのです。

そこで、急速にたいへん難しくなっていた仕事を軽減すべく、サンタクロースは親たちに手伝ってくれと頼むことにしました。

「わたしが行く前にクリスマスツリーを仕上げておいてほしい」サンタクロースは親たちに言いました。「そうすればプレゼントをすぐに置いてゆけるし、去ったあとツリーにさげてもらえるから」

ほかの親たちにはこう言いました。「わたしが行く前に子どもたちの靴下をつるしておいてくれ。そうすれば、さっと物を詰《つ》めてゆけるから」なお、親がやさしくて気立てがよい場合は、しばしば贈り物の包みをぽんと投げ下ろすだけにして、そりが走り去ったあとで父親や母親に靴下に詰めてもらいました。

「愛情深い親たちみんなに手伝ってもらう！」ほがらかな老人は叫びました。「親たちが仕事を手助けしてくれる。そうすれば貴重な時間を節約できて、訪れる時間が足りなくてないがしろにされる子どもは減る」

高速で走るそりで大きな荷物を運ぶ以外にも、老サンタはおもちゃ屋さんにおもちゃを山ほど贈るようになりました。そうすれば親がわが子におもちゃをもっと欲《ほ》しいときに手に入れやすいし、万が一、サンタクロースが年に一度回るときに訪ねそびれた子がいれば、おもちゃ屋さんに行って、子どもが喜び満足するだけのおもちゃを手に入れることができます。子どもたちの心やさしい友人はこう決めたのです。自分がなんとかできるかぎり、おもちゃを望んで手に入れられない子は一人も出さないようにする、と。やがて、子どもが病気になり、気をまぎらわすために新しいおもちゃが必要なときもおもちゃ屋さんは便利だと判明しました。ときには父母が誕生日におもちゃ屋さんを訪れ、祝い事を記念してきれいなおもちゃを子どもに買うことがあります。

これでわかったかもしれませんね。世界は広いのに、いかにしてサンタクロースが子どもたち全員に美しい贈り物を与えることができるのか。たしかにあの老紳士の姿をこの頃めったに見かけませんが、それは人目につかないよう努めているせいではないことを請《う》けあいます。昔、子どもたちと何時間も遊んで跳《は》ねまわっていた頃と同じく、サンタクロースはいまも子どもたちのやさしい友人です。時間さえあれば、いまもあの頃のように振る舞いたいことをわたしは知っています。でもおわかりでしょうが、一年じゅうせっせとおもちゃを作っていますし、年に一度、包みを運んでわたしたちの家を訪ねる夜はてんてこまいで、家々を出入りするときは電光石火の早業《はやわざ》です。姿を一目見ることさえ、ほとんど不可能なのです。

そしてかつてに比べて世界には何百万人も何百万人も子どもが増えていますが、人数が増えつづけていることについてサンタクロースは文句を言ったことがありません。

「多いほど楽しいよ！」あのほがらかな笑いとともにサンタクロースは叫びます。サンタクロースにとって唯一の違いは、大勢の子どもたちの需要《じゅよう》を満たすために小さな職人たちがせっせと動かしている指を、年々ますます速く動かさなくてはならないことです。

「この世に幸せな子どもほど美しいものはない」とサンタクロースは言います。サンタクロースの思いが叶《かな》うならば、子どもはみな美しいことでしょう。全員幸せになっているからです。

訳者あとがき

昼間のサンタクロース

『オズの魔法使い』（一九〇〇）のドロシーはようやくカンザスに戻るが、その後もオズを訪れ、『オズへ続く道』（一九〇九）ではエメラルドシティの宮殿でサンタクロースに会っている。『オズへ続く道』は、オズを治めるプリンセス・オズマの誕生会が開かれるまでの物語だ。忙しいオズマに代わって二十一章と二十二章でドロシーが招待客を迎える。次々通される客のなかで、赤いマントをまとった「りんごのように丸い」人はみなが一目でわかる。その「不死の聖人」から「やあ、ドロシー、まだ冒険をしているのかい」と声をかけられて、ドロシーは驚く。仕事柄、サンタクロースは世界中の子どもの家と名前を知っているのだ。

晩餐会《ばんさんかい》が開かれ、翌日は青空の下でパレードと祝賀行事が行われる。最後にオズの魔法使いが大きくて丈夫なシャボン玉を作る装置を披露する。このシャボン玉は陽射《ひざ》しを浴びて固くなり、何時間も形を保つという。

「素晴らしい！」おもちゃとかわいい物が大好きなサンタクロースは言った。「ねえ、魔法使いさん、わたしのまわりにシャボン玉を作ってもらおうかな。そうすれば、漂いながら、足元に広がる景色を眺めて帰れる。地球上、行ってない場所はない。でも行くのはたいてい夜で、引いてくれるのは足の速いトナカイだ。これはのんびりしながら、ゆっくり動いて、明るいうちに景色をじっくり見るいい機会だ」

（二十四章、筆者訳）

迷子の子どもが家に戻れるようにその子を包むシャボン玉の行方を定めてやってから、サンタクロースもふわふわと、小妖精《しようようせい》を乗せたいくつもの小さなシャボン玉とともに去ってゆく。

オズ・シリーズの第五巻『オズへ続く道』を書いたころ、L・フランク・ボームはシリーズを終えることを考えていた。第五巻の前書は、第六巻がオズに関する最後の話になるだろうという予告を含んでいる。オズマの誕生会は多くの人物が再登場してお別れをする場を兼ねているとも考えられ、サンタクロースはその賓客《ひんきやく》としてオズ作品に初登場する。ボームは悲しい予告の入った第五巻の幕を引く間際《まぎわ》に、いつまでも子どもに尽くすサンタクロースがひととき休み、仕事へ戻る姿を描き込んだのだ。ボームはすでに本作『サンタクロース少年の冒険』（一九〇二）や短篇「誘拐されたサンタクロース」（一九〇四）を発表していた。（結局、ボームによるオズ作品は『オズの魔法使い』を含め十四作におよんだ）

レベッカ・ロンクレインによるボーム伝（*The Real Wizard of Oz*, 2009）には本作について「サンタクロースの背景をめぐる異教の物語」がミシガン州マカタワ湖畔で書かれたとあるが、時期は明記されていない。シカゴに住んでいたボームは一八九九年夏にこのリゾート地を訪れ、ここで夏を過ごすようになり、一九〇二年にコテージを購入した。資金源が、ボームの韻文とW・W・デンスローの挿絵による『ファーザーグース』（一八九九）の印税だったので、この家を「ザ・サイン・オブ・ザ・グース（ガチョウのしるし）」と名づけ、装飾や家具にガチョウの模様を取り入れた。木々の向こうに湖の見えるベランダでボームは書いたという。ともあれ、四季ある森で遊び、日光浴をして、水辺で作品の着想を得るサンタクロース像の一端は、この湖畔の風景に由来するようである。

仕事の話

『サンタクロース少年の冒険』にはじめて登場するとき、主人公は身元不明の赤ん坊だ。どこの家の誰なのか。どの時代にどの国で生まれたのか。それらは説明されず、ただ異界に生きる人間の子という設定だ。オズでドロシーが魔法の帽子や靴やベルトを利用しても彼女自身は魔力のない人間であるのと似て、本作の主人公には魔法を使う仲間はいるが、自分は魔法を使えない。ただ、少女のままオズで冒険を重ねるドロシーと違って、本作の主人公は異界で大人になっていく。

本作の原題 *The Life and Adventures of Santa Claus* の直訳は「サンタクロースの生涯と冒険」で、身元不明の赤ん坊は魔法の森で少年から青年へ成長し、やがて白いひげのサンタクロースになる。小妖精に囲まれて育った青年にとって、人間が暮らす場所へ行くことは冒険だ。青年は人間と交流を重ねるが、本作には人間の家族の団欒《だんらん》やキリスト教にまつわる描写は少ない。このサンタクロース物語の主なテーマは、サンタクロースの志および仕事の成り立ちである。

ボームが描くサンタクロースは、おもちゃ職人だ。若くして生涯を貫く志を立て、自分の使命を形にできる遊び道具を作りだす。そして作品が受け手まで届く仕組みを作るためなら交渉もいとわず、わくわくしながら作っては届け、十二月二十四日を除いて一年中おもちゃ作りに励むことを今後の予定としている。おもちゃを運ぶために必要なそりと用具の手入れはするが、衣食住に関しては仲間に全面的に支えられている。ボームが造型したサンタクロースは、ほがらかなワーカホリックである。

オズ・シリーズにはときどき、ひたすら何かを作る人物や集中のあまりバランスを欠いている人物が現われる。第四巻『ドロシーとオズの魔法使い』（一九〇八）の十章には、長い白髪を何本もの三つ編みにした発明家が出てくる。かつてはスイス・チーズの穴、漆喰《しっくい》の穴、ドーナツの穴などを売っていたが、柱の穴から地中深くに落ちた人だ。ドレスの衣《きぬ》ずれや旗のはためきを作って箱に詰めて過ごしているものの、使ってくれる人がいない。地下で出会ったこの発明家をドロシーとオズの魔法使いは危ういと見る。だが、本作のサンタクロースと実は表裏一体なのかもしれない。

本作で小妖精が愉快に過ごすバージーの森にも仕事や掟《おきて》があり、ビジネスライクな側面がある。ニンフが人間の赤ん坊を拾ったときには談判がある。クロース青年は森を去る前に仲間に決意を述べる。一大事があれば会合が開かれ、参加者は種や性別にかかわらず意思を表明し、採決がなされる。そりで贈り物を届けるシステムを作るときは、動物の働き方に関する契約のようなものがある。こうした約束事のありようはいかにもおとぎ話らしく、民主主義の国の物語らしく、またボームらしく思われる。

ボーム自身、雑貨店を営んだり、新聞を発行したり、陶器のセールスをしてから作家となっている。義母で女性参政権論者のマティルダ・J・ゲージに勧められて子ども向けの作品を発表するようになってからも、商品の見せ方を提案する月刊誌『ショーウィンドウ』を製作して家族を養っていた。

本作では魔法の森とその周辺が、現実世界のビジネスと直結しているのも目を引く。サンタクロースは店におもちゃを置くことに前向きだ。笑いの谷で天然素材で作るおもちゃを、ボームはサンタクロースの意思だとして、人間の街の店舗に送る。近代化や商業主義とは争わず、新しい時代を生きる人々とサンタクロースの贈り物をあっさりとつなげていく。

サンタのいないクリスマス？

ペンギン・ブックスが二〇一四年にクリスマス・クラシックスと銘打って刊行したシリーズがある。小ぶりのハードカバー六冊で、独、露、英、米の作品からなる。構成は、ホフマン『くるみ割り人形とねずみの王様』（一八一六）、ゴーゴリ『降誕祭の前夜』（一八三二）、ディケンズ『クリスマス・キャロル』（一八四三）、アンソニー・トロロープとルイザ・メイ・オルコットの作品集、そしてボーム『サンタクロース少年の冒険』だ。

最初に挙げた三作品はクリスマスイブから始まる。『くるみ割り人形』のマリーはきれいな服や人形ももらったのに、壊れたくるみ割り人形のことが気になって仕方がない。『降誕祭の前夜』では、憎たらしい若者の恋路を邪魔すべく悪魔が月を盗むから聖夜は真っ暗闇《くらやみ》になる。『クリスマス・キャロル』のスクルージは一人で過ごすつもりだったのに、クリスマスの精霊と飛び回っている。

トロロープとオルコットの諸作品も、十二月二十四日ごろに始まり、聖夜やクリスマスに終わるものが多い。トロロープの『「クリスマスはトンプソン・ホールで」ほか』では、屋敷に親族や友人が集い、婚約者を紹介したり、ホスト側の娘に客人が結婚を申し込んだりする。クリスマスは新たな家族関係が作られ、一族の結束が強化される時期ともなっている。

オルコットの『楽しいクリスマス』の表題は、『若草物語』第二章の題で、巻頭に章の抜粋がある。クリスマス当日、マーチ家の四姉妹が貧しい一家に朝食をゆずり、それを聞いた隣人から、同夜、姉妹に花束と菓子が届く。ほかの作品では、ささやかな贈り物を用意する健気《けなげ》な人物がいて、姉妹や友人に自分の願いを述べ、それをたまたま耳にした隣人が願いをかなえる。十二月二十五日の零時から一時まで聖夜に牝馬《めすうま》が人間に来し方を語る特異な一編も含めて、オルコットのクリスマス物語では、隣人を大切にするクリスチャン精神が称《たた》えられ、人と人（または、人と馬）が支えあう姿が描かれている。

さて、この六冊のうちサンタクロースという名が出てくるのは、アメリカの作家の二冊だ。『若草物語』の抜粋を含め、オルコットの作品集には数回言及がある。ボームは『サンタクロース少年の冒険』でキリスト教や人間社会をいったん切り離し、クリスマス以外の時期も描いて、独自のサンタクロース像を示している。作品の世界観には、ボームが義母の影響で傾倒していた神智学という思想も関係すると言われている。しかし、動植物と交流し、菜食で、エコロジカルで、どうやら宗教も国境も飛び越えて、すべての子どもに親切で、万人に愛されるこのサンタクロースが平板ではあっても古臭くなく、良くも悪くもグローバルで、どこか現代的に見えるのは、ボームという作家自身の特性によるのではないかと思う。

この一風かわったクリスマス物語を、クリスマスを祝う方にも祝わない方にもお楽しみいただけますように。

二〇一九年十月

畔柳和代

本作品は訳し下ろしです。

Title : THE LIFE AND ADVENTURES OF SANTA CLAUS
Author : Lyman Frank Baum

サンタクロース少年《しょうねん》の冒《ぼう》険《けん》

新潮文庫　ホ - 20 - 2

Published 2019 in Japan
by Shinchosha Company

令和元年十二月一日発行

訳者　畔《くろ》柳《やなぎ》和《かず》代《よ》
発行者　佐藤隆信
発行所　株式会社新潮社
郵便番号　一六二―八七一一
東京都新宿区矢来町七一
電話　編集部(〇三)三二六六―五四四〇
　　　読者係(〇三)三二六六―五一一一
https://www.shinchosha.co.jp

価格はカバーに表示してあります。

乱丁・落丁本は、ご面倒ですが小社読者係宛ご送付ください。送料小社負担にてお取替えいたします。

印刷・株式会社光邦　製本・株式会社大進堂

© Kazuyo Kuroyanagi 2019 Printed in Japan

ISBN978-4-10-218152-2 C0197